KB159312

국립존엄보장센터

국립존엄보장센터

함께 읽는 소설 SF

초판 1쇄 발행 2022년 5월 1일
초판 5쇄 발행 2024년 4월 20일

지은이   남유하 원종우 김이환 김주영 김창규
엮은이   김애연 김영희 김진영 최지혜
펴낸이   이영선
책임편집   이현정

편집   이일규 김선정 김문정 김종훈 이민재 이현정
디자인   김회량 위수연
독자본부   김일신 손미경 정혜영 김연수 김민수 박정래 김인환

펴낸곳 서해문집 | 출판등록 1989년 3월 16일(제406-2005-000047호)
주소 경기도 파주시 광인사길 217(파주출판도시)
전화 (031)955-7470 | 팩스 (031)955-7469
홈페이지 www.booksea.co.kr | 이메일 shmj21@hanmail.net

ISBN 979-11-92085-24-1 43810

함께 읽는 소설 SF

국립존엄보장센터

남유하

원종우

김이환

김주영

김창규

서해문집

격리는 오늘 자정에 해제된답니다. 몇 년 전엔 상상도 할 수 없었을 일입니다. 팬데믹이라는 초유의 사태도 전 지구인과 함께 겪다 보니 무덤덤해졌습니다. 코로나19에 확진되었다는 통보를 받고서도 '내 차례네, 슈퍼 면역인인 줄 알았는데 아쉽다'는 생각만 들더라고요.

이미 초현실적인 세계에 살고 있는 우리가, 굳이 SF를 읽는 이유는 무엇일까요?

이 책은 청소년과 오랜 기간 독서해 온 국어 교사 네 명의 대답입니다. SF를 처음 읽는 독자도 부담 없이, 하지만 묵직한 생각을 펼칠 수 있게 하는 작품을 가려 엮었습니다. '상상력이 뛰어나다' '참신하다'만이 아니라 '사고의 관성을 넘어서는 계기를 주는가'에 무게를 두고 뽑았어요. '당연하다고 여겼던 것들이 전혀 당연하지 않았다'는 사실을 깨닫는 기쁨을 청소년 여러분에게 주리라 기대합니다. '중심과 주변을 가르는 경계가 허물어지는 감각'으로도 연결될 거예요. 세상의 많은 문제는 자신을 중심으로 사고하는 관성 때문에 일어나니까요.

SF 소설집인만큼, 책에는 로봇과 기계가 자주 등장합니다. 흔히 문학 작품이나 영화에서는 이들을 인간의 도구 혹은 인간의 적으로 묘사해 왔어요. 그러나 여러분은 이 책에서 비인간에 대한 복잡한 접근을 시도한 작품들을 만날 수 있습니다. 비인간은 인간과 대등한 위치에 설 수 없다는 관성을 뛰어넘는 소설들이죠. 앞으로 다양한 존재와 맺게 될 입체적인 관계를 상상하는 데 도움을 줄 것입니다.

결국 이 책은 '자신과 타자의 관계 맺음'에 대해 새롭게 고민해 보자는 제안입니다. 그 고민이 도래할 세상을 멋진 곳으로 만들 것이라 믿어요. 주류와 비주류, 정상과 비정상을 나누는 벽이 없는 세상은 얼마나 근사할까요. 생각만 해도 가슴이 크게 부풉니다.

우리는 한 치 앞을 내다보기 힘든 사회를 살고 있어요. 2년 넘게 마스크를 끼고 일상생활을 하리라고 누가 짐작했겠어요. 예측 불가능한 세계에 사는 우리에게는, 존재들 사이에 그어진 선을 지우고 연대하는 능력이 필요합니다. 그 힘이 SF에 있다고 말하고 싶어요.

SF의 매력을 자세히 알고 싶다면 책 끝에 있는 심완선 SF 평론가와의 대담을 읽어 보세요. 분량 등 여러 제약으로 싣지 못한 작품을 직접 찾아 보는 결과로 이어지면 좋겠습니다.

관성이 사라진 세상을 상상하며 쓰인 작품 속에서, 유

영하듯 독서하며 다른 미래를 그리는 청소년이 많아지길
꿈꿔 봅니다.

정성스레 띄운 우리의 편지가 반갑게 가닿길 바라며

김영희

차
례

국립존엄보장센터

남유하

초인종이 울린 건 새벽 네 시였다. 현관 앞에는 두 남자가 서 있었다. 주름 하나 없이 반들반들한 회색 유니폼을 입은 젊은 남자들이었다. 쌍둥이라고 해도 될 만큼 비슷한 체형과 생김새의 그들을 구분해 주는 건 선글라스였다. 둘 중 턱이 조금 더 뾰족한 쪽이 선글라스를 쓰고 있었다. 나는 낡은 천 가방을 들고 그들을 따라 다가구 주택 계단을 내려갔다. 어젯밤 겨울을 재촉하는 비가 내려서인지 건물 밖으로 이어진 철제 계단이 미끄러웠다. 난간을 붙들고 조심조심 내려오는데 겨우 하루 더 살자고 버둥거리는 내 꼴이 우습게 느껴졌다. 그러면서도 굽은 등과 바짝 힘이 들어

간 무릎은 좀처럼 펴지지 않았다.

집 앞에는 고급스러워 보이는 검정 세단이 주차되어 있었다. 차 옆면을 가로질러 쓰여 있는 '국립존엄보장센터'라는 붉은색 글씨가 눈에 들어왔다. 선글라스가 운전석에 앉자, 맨눈은 머뭇거리는 내게 뒷문을 열어 주고 조수석에 앉았다. 뒷좌석은 푹신하고 부드러웠지만 가죽 시트 냄새에 엊저녁부터 먹은 것 없는 빈속이 울렁거렸다. 신물이 넘어올 것 같아 가슴을 연신 쓸어내렸더니 맨눈이 나를 흘끔 돌아보며 긴장 푸세요 할머니, 라고 말했다. 선글라스도 룸미러로 나를 슬쩍 보더니 라디오를 틀었다. 클래식 채널인지 헨델의 사라반드가 흘러나왔다. 그제야 나는 울렁거리는 속을 가라앉히고 의자에 등을 기댄 채 숨을 깊이 들이마셨다.

어젯밤, 종이 상자 몇 개를 주워 들고 집에 돌아오니 현관에 노란 경고장이 붙어 있었다. 며칠 전 옆집에 붙어 있던 경고장과 똑같았다. 생존세 체납에 따른 최종 경고문.

올 게 왔구나.

더 이상 버티다간 옆집 김 씨처럼 억지로 끌려가 센터

에서 제공하는 혜택도 못 받고 죽어야 할 것이다. 문 앞에 선 채로 노란 종이를 한참이나 노려보다가, 자진 신고라는 존엄한 방법을 선택하기로 했다. 경고장을 뜯어 방으로 들어와 하단에 큼지막하게 적힌 열한 자리 번호로 전화를 걸었다. 벨이 울리기도 전에 ARS로 연결되었다. 기계음이 시키는 대로 생년월일을 입력하자 상담사가 나왔다. 상담사는 이름과 주소지 외에 몇 가지 기본적인 인적 사항을 물은 뒤 생년월일을 다시 한 번 확인했다.

　내일 새벽 네 시에 담당 직원을 보내드리겠습니다. 자세한 내용은 경고장에 적혀 있는 안내 사항을 참고하시기 바랍니다.

　전화가 끊겼다. 새벽 네 시라니, 내 인생에 남은 시간은 어림잡아 서른 시간 정도라는 의미였다. 센터 안에서 보낼 24시간을 제외하면 온전한 개인 시간은 여섯 시간뿐이었다. 죽음이 코앞에 닥쳤는데 약간 멍할 뿐 실감이 나지 않았다. 앨범이라도 들여다볼까 하다가 쓸데없는 감상에 빠져 눈물이나 질질 짤까 봐 텔레비전을 틀었다. 뭐가 잘못되었는지 사람들이 전부 노란색으로 보이는 낡은 텔레비전에서는 이름도 알 수 없는 애들이 잔뜩 나와 요리를 하며 웃고 떠들어 댔다. 채널을 돌려 봐도 내게는 소음으로 느껴지는 프로그램들뿐이었다. 나는 텔레비전을 끄고 침대에 누웠다. 귀퉁이가 뜯어져 퍼석퍼석한 스펀지가 비어져 나온 침대에서는 내가 몸을 틀 때마다 한 박자 늦게 삐걱거리는 소리가 났다.

도착했습니다.

낯선 남자의 목소리에 눈을 떴다. 잠을 설친 탓에 깜박 졸았던 것 같다. 내가 있는 곳이 센터가 보내 준 차 안이라는 걸 알기까지 아주 잠깐의 공백이 있었다. 요즘 들어 이런 짧은 공백이 신경 쓰일 정도로 잦아졌다. 차가 멈추자 조수석에 앉아 있던 맨눈이 문을 열어 주었다. 나는 천 가방을 손목에 걸고 차에서 내렸다. 잘 다듬어진 유럽식 정원 가운데 서 있는 15층짜리 은빛 건물은 추상화 가운데 그려진 정물만큼이나 이질감을 느끼게 했다. 정문에 들어서자 나를 태워다 준 회색 유니폼의 남자들은 사라지고 대신 흰색 유니폼을 입은 여자가 다가왔다.

안녕하십니까. 저는 센터의 시설 안내를 맡고 있습니다.

여자가 공손하게 허리를 굽혀 인사하고는 내 팔목에

타이머를 채워 주었다. 24:00:00에서 시작한 타이머는 손목에 채워진 순간부터 23:59:59로 카운트다운을 시작했다.

어르신이 사용하실 방으로 모시겠습니다.

여자를 따라 엘리베이터를 탔다. 여자는 7층을 누르고는 내게 카드 키를 건넸다. 704호. 내 인생의 마지막을 보낼 방이었다.

방에 들어가시면 센터 안내장과 갈아입으실 옷이 준비돼 있습니다. 시설 이용은 24시간 가능하고, 오전 일곱 시에는 교육이 있을 예정이니 10분 전까지 1층 강당으로 가시면 됩니다. 그럼 남은 시간 즐겁게 보내시길 바랍니다.

기계음처럼 빠르고 단조롭게 말한 여자는 입구에서 만났을 때처럼 정중한 인사를 하고 사라졌다. 남은 시간이라는 말에 반사적으로 타이머를 보았다. 겨우 2분 남짓한 시간이 지났을 뿐이었다.

나는 입고 간 옷을 벗고 침대 위에 놓여 있는 오렌지색 상하의를 입었다. 언뜻 보기에는 깔끔해 보였지만 여러 번 세탁한 듯 옷깃의 색이 바래 있었다. 바지 허리에는 고무줄이 들어 있었고, 브이넥으로 파진 윗도리는 가운처럼 허리를 묶는 형태였다. 왼쪽 가슴에는 704라는 방 번호가 남색으로 박음질되어 있었다. 이곳에 있는 동안 나는 이름이 아닌 704호로 불릴 것이다. 방 안은 크기나 구조가 비즈니스호텔과 비슷했다. 작은 라운드 테이블과 거울, 책상, 침대, 미니 냉장고, 벽걸이 텔레비전이 있었고, 침대 옆에는 협탁이, 협탁 위에는 스탠드가 놓여 있었다. 팔도 제대로 뻗을 수 없는 좁은 화장실에는 미니 욕조와 세면대, 변기가 기적적으로 들어 있었다.

나는 침대에 걸터앉았다. 새벽부터 차를 타고 온지라 푹신한 침대에 눕고 싶은 마음이 간절했지만, 어차피 내일이 되면 날이 밝기도 전에 영원한 잠을 자게 될 터였다. 나는 가능한 한 많이, 센터의 시설들을 즐기기로 하고 안내장을 훑어보았다. 1층: 안내 데스크, 강당, 직원 사무실, 2층: 식당, 카페, 바, 3층: 노인을 위한 맞춤형 피트니스 센터⋯. 먼저 2층에 있는 카페에 가기로 했다.

카페는 호텔 로비 라운지처럼 널찍하고 고급스러운 분위기였지만, 눅눅한 곰팡이 냄새가 희미하게 나는 것 같았다. 나는 아메리카노를 주문하고 창가 자리에 앉았다. 창밖으로 보이는 정원의 풍경은 완벽했다. 잘 차려 놓은 밥상처럼 정갈하게 배치된 나무들은 초겨울 햇살 아래 선명한 녹색으로 빛났다. 가만히 보고 있자니 다듬어진 모양이 지나치게 인위적이라 플라스틱같이 보이기도 했다.

　방금 만든 당근 케이크입니다. 드셔 보시라고 가져왔어요.

　카페 직원이 가져다준 쟁반 위에는 아메리카노와 내가 주문하지도 않은 조각 케이크가 놓여 있었다. 나는 감사의 의미로 주름진 입가를 살짝 끌어당겼다. 어차피 센터 안에서의 모든 시설 이용은 무료였다. 포트메리온풍의 커피잔을 들고 뜨거운 커피로 입술을 축였다. 이렇게 제대로 된 커피를 마셔 본 게 얼마 만인가. 눈가에 축축한 눈물이 고였다. 창밖을 보며 커피를 입안에 머금고 있었다. 그동안 인스턴트커피만 먹고 산 미뢰가 정화될 수 있도록. 당근 케이크에는 손도 대지 않았다. 스무 시간 동안 무한정 먹기만 할 수는 없는 노릇이다. 게다가 내 위의 용량은 그다지 크지 않다. 이곳에서는 커피면 충분하다.

　704호, 1302호, 1408호는 지금 즉시 1층에 있는 교육관으로 와 주시기 바랍니다. 잠시 후에 교육이 진행될 예정입니다.

카페 천장 구석에 달린 스피커에서 방송이 흘러나왔다. 그제야 나는 오전 일곱 시에 교육이 있다던 흰색 유니폼의 말을 떠올렸다. 반도 못 마신 커피를 남긴 채 카페를 나왔다. 아까워할 필요가 없는데도, 아깝다는 생각이 머리에서 떠나지 않았다.

1층으로 내려가자 먼저 와 있던 열댓 명의 노인들이 원망의 눈길을 보냈다. 불독처럼 입가가 처진 할멈은 대놓고 자기 팔목의 타이머를 가리키며 인상을 쓰기도 했다. 안에 있던 흰색 유니폼의 직원들이 지각한 사람들을 신속하게 자리로 안내했다. 세 사람이 자리에 앉자 강당의 불이 꺼지고 앞쪽의 스크린이 밝아졌다. 나는 눈을 가늘게 뜨고 화면을 응시했다. '국립존엄보장센터 안내'라는 글자와 함께 센터의 조감도가 펼쳐졌고, 잔잔한 배경 음악이 깔리며 성우의 목소리가 흘러나왔다.

세상에서 가장 존엄한 죽음을 맞게 될 당신, 힘겨운 오늘보다 고통 없는 내일을 꿈꾸는 당신, 우리는 그런 당신을 위해 당신의 죽음을 연구합니다. 당신의 죽음에 필요한 것이 무엇인지 고민합니다. 이곳은 저소득층 노인을 위한 국립존엄보장센터입니다.

　　이어 배경 음악이 경쾌하게 바뀌며 센터의 연혁이 소개되었다. 어째서 관공서에서 만드는 동영상은 하나같이 붕어빵 틀에 찍어 낸 것처럼 촌스러울까. 히터에서 뿜어 대는 건조한 열기에 코가 답답하고 머리가 멍해졌다. 나도 모르는 새 잠깐 졸았는지 고개가 뒤로 젖혀졌다. 깜짝 놀라 눈을 껌뻑이며 앞을 보니 구석에 서 있던 직원이 나를 은근히 노려보았다. 사나운 눈매와 다르게 입꼬리는 잘 만들어진 미소를 머금은 채여서 더 섬뜩해 보였다. 재빨리 화면으로 시선을 옮겼다. 영상에서는 대통령이 센터 내 식당에서 곰탕을 한 입 먹고 엄지손가락을 추켜올리는 장면이 나왔다. 대통령 주변을 둘러싼 사람들이 그의 엄지손가락에 경배하듯 일제히 손뼉을 쳤다. 이후에도 센터에 대한 자랑은 이어졌지만, 나는 히터 바람 때문에 콧구멍 속이 말라비틀어져 찢어지는 건 아닐까 하는 걱정뿐이었다.

　　돌연 배경 음악이 사라졌다. 멍하니 눈만 뜨고 있는 사이 영상이 끝난 것이다. 불이 켜지고 갑작스러운 밝음에 느슨해졌던 수정체 주변 신경이 서서히 반응했다. 강당 앞에는 이동식 침대가 놓여 있었고, 그 위에는 실습용 마네킹이 누워 있었다. 마네킹 옆에는 하늘색 가운을 입은 남자

직원이 서 있었다. 흰색 유니폼의 여자가 강당 한구석에서 마이크를 잡았다.

　　　지금부터 공지 사항을 말씀드리겠습니다. 각자의 타이머는 1분이 남은 시점에 알람이 울리게 설정되어 있습니다. 타이머가 0이 되면 하늘색 유니폼을 입은 직원이 객실 문을 노크합니다. 그러므로 알람이 울리기 전, 반드시 객실 안에서 대기해 주시기 바랍니다. 직원이 노크를 두 번 하면 문이 자동으로 열립니다. 여러분은 놀라지 마시고 직원의 안내에 따라 지하 1층까지 엘리베이터로 이동하시면 됩니다. 지하 1층 안식의 방에 가시면 여기 보시는 바와 같이 침대가 놓여 있습니다. 직원의 안내에 따라 침대 위에 반듯이 눕습니다. 이때 긴장으로 인해 돌발 행동을 하시는 분들이 간혹 계십니다. 구역감, 호흡 곤란, 현기증 등의 증상이 나타나면 직원에게 양해를 구하고 잠시 동안 안정을 취하는 것을 권장합니다. 침대에 눕게 되면 금속 벨트로 손목과 발목을 고정하게 됩니다. 차가울 수 있지만 전혀 아프지 않으니 놀라지 마십시오. 마지막으로 허리와 목까지 벨트로 고정시키고 나면 '안식을 주는 약'을 정맥에 주사하게 됩니다. (하늘색 유니폼이 황록색 액체가 든 주사기를 들어 보이고 주삿바늘을 마네킹의 팔뚝에 꽂는 시늉을 했다.) 다들 마취해 본 경험이 있으실지는 모르겠지만, 마취를 할 때처럼 10부터 거꾸로 세어 나가면 자신도 모르는 사이 영원한 잠에 빠져들게 됩니다. 이상으로 행동 요령에 대한 공지를 마치겠습니다. 감사합니다. 남은 시간 즐겁게 보내시길 바랍니다.

흰 유니폼과 하늘색 유니폼이 연극배우들처럼 단상 앞으로 나와 인사를 했다. 남은 시간 즐겁게, 라니 처음에 안내했던 여자도 그랬던 걸 보면 별 의미 없는 센터의 공식 인사겠지만 은근히 부아가 났다. 자리에서 일어나자 굳었던 무릎에 통증이 왔다. 오른쪽 다리를 절뚝거리며 강당을 나오는데 배에서 꾸르륵하는 소리가 들렸다. 오랜만에 프렌치 레스토랑에 가서 크루아상에 어니언 수프라도 먹을까 했지만, 아침부터 밀가루를 먹으면 속이 부대낄 것 같아 한식당으로 향했다. 날씨도 쌀쌀해졌는데 대통령이 먹었던 곰탕이나 먹을 요량이었다.

아이고, 여사님. 여기서 또 뵙네요.
식당에서 곰탕을 먹고 있는데, 정수리가 벌겋게 드러난 영감이 내 앞에 와서 말했다. 가슴을 보니 1408호라고 쓰여 있었다.

여사님은 이런 데 오실 분이 아닌 것 같은데.

1408호는 듬성듬성 빠진 이를 드러내며 웃었다. 상한 생선처럼 비릿한 입 냄새가 확 풍겨 왔다. 나는 불편한 기색을 감추지 않으며 말했다.

이런 데 올 사람이 따로 있나요.

하기야… 나도 이렇게 될 줄은 몰랐다우.

단추를 박아 놓은 것처럼 옹색한 눈, 왼쪽으로 빼뚜름하게 휘어진 코, 절지동물처럼 주름 잡힌 입술. 아무리 좋게 보아주려 해도 1408호는 이렇게 될 수밖에 없는 관상이었다. 대놓고 싫은 기색을 보이며 무시했는데도, 그는 눈치 없이 내 앞자리에 앉았다. 오늘은 내 인생의 마지막 날이다. 아름다운 것만 보기에도 시간은 턱없이 부족하다.

입맛이 없네요.

나는 뚝배기에 숟가락을 꽂아 둔 채 자리에서 일어났다. 음식을 남기고 나오는 것도 한 번이 어렵지, 여기 있는 동안 나는 '즐겁게' 지낼 권리가 있었다. 레스토랑의 모든 메뉴를 시켜 맛만 보고 고스란히 남긴다고 해도 나를 질책할 사람은 없다.

대각선 방향에 앉아 있던 베레모를 쓴 영감이 나와 눈을 맞추며 일어나더니 레스토랑 문을 열어 주었다. 가슴에는 909라는 숫자가 새겨져 있었다. 내가 가볍게 고개 숙여 인사하자 웃음으로 화답하며 말을 건넸다.

햇살도 좋은데 산책이나 하실까요?

이 사람이라면 말이 통할 것 같은 느낌이었다. 눈썹이 진하고 코가 오뚝한 게 젊어서 바람깨나 피웠을 것 같은 인상이었지만 아무려나 상관없었다.

밖에 나가니 쌀쌀한 바람이 몸을 휘감고 지나갔다. 감기에 걸리려면 걸리라지. 커피를 마시며 내려다보았던 플라스틱 나무들이 플라스틱 향을 풍기는 것 같았다.

아깝네요. 909호가 나를 보며 말했다. 나는 고개를 옆으로 기울이며 그를 쳐다보았다.

이렇게 고우신 분이…. 아까워요.

곱다는 말에 주책맞게 얼굴이 뜨거워졌다. 얼른 손바닥으로 볼을 감쌌다. 차고 쭈글거리는 손이 얼굴의 열을 금세 식혀 주었다.

몇 시간이나 남으셨어요? 저는 세 시간 정도 남은 것 같습니다만.

세 시간이라는 말에 가슴이 철렁했다. 무슨 말을 해도 위로가 될 것 같지 않다고 생각하는데 정문 쪽에서 소란스러운 소리가 났다. 자연스레 시선이 그쪽으로 향했다. 하늘색 유니폼을 입은 남자 두 명이 노인 하나를 붙잡고 실랑이를 벌이고 있었다.

난 안 죽을래!

몸부림치는 노인은 가운이 풀어 헤쳐져 바람 빠진 풍선 같은 가슴이 훤히 드러나 있었다.

돈, 나 돈 낼 수 있어. 생존세든 사망세든 다 낼 수 있다니까. 우리 아들, 미국에 있는 우리 아들한테 연락하면 줄 거야.

할머님, 진정하세요. 아드님이 대납 거부하셔서 여기 오신 겁니다.

대납 거부라니, 입맛이 쓸쓸했다. 차라리 자식이 없는 내 처지가 조금 낫다는 생각이 들었다. 노인이 하늘색 유니폼들에게 질질 끌려가는 걸 보면서, 나는 절대 저런 추한 꼴을 보이지 말아야겠다고 다짐했다. 그런데 노인 왼쪽에 있는 직원의 바짓단에 적갈색 얼룩이 묻어 있었다. 순간 피를 흘렸나 했는데 다친 데는 없어 보였다. 한눈에 보기에도 그 얼룩은 안에서 배어 나왔다기보다 밖에서 튄 것 같았다. 커피겠지. 커피라고 하기에는 너무 붉었지만 그냥 그렇게 생각하기로 했다. 딱히 중요한 일도 아닌데 괜히 신경이 쓰였다.

뭘 그렇게 보세요?

노인이 끌려가는 걸 보며 끌끌 혀를 차던 909호가 물었다. 나는 아무것도 아니라며 고개를 저었다. 909호가 한숨 섞인 말을 이었다.

생존세가 뭔지…. 저 젊었을 때부터 저출생 고령화 문제가 심각하긴 했지만, 돈이 없다고 죽어야 하는 세상이 올 줄은 몰랐습니다그려.

글쎄요. 그래도 전 나쁘지만은 않은 거 같아요. 어차피 더 산다고 좋은 꼴 볼 수 있는 것도 아니고, 주사 한 방에 편하게 죽으니까 고통스러울 일도 없고.

주사 한 방이 아니라면 어떡하시겠어요.

909호는 누가 옆에 있기라도 하는 것처럼 목소리를 낮추어 말했다.

무슨 말씀인지….

파충류의 눈알 같은 그 황록색 액체가 사람들이 생각

하는 것처럼 잠들듯 편하게 죽여 주는 약이 아닐 수도 있단 얘깁니다. 항간에는 흉흉한 소문도 돌구요.

소문이요?

국립존엄보장센터가 아니라 국립장기매매센터라고…. 여기 온 노인들을 해부해서 멀쩡한 장기를 중국에 팔고 있단 소문 말입니다.

설마요. 하루 이틀 있었던 법도 아니고, 생존세가 시행된 지 30년이 넘었는데…. 그런 일이 있다면 벌써 문제가 되지 않았을까요?

그럼, 누가 이의를 제기하겠습니까? 죽은 노인들이 고통받으며 죽었다고 진술할 수 있겠습니까? 아님, 이런 제도를 시행하고 있는 정부에서 이실직고를 하겠습니까?

909호 입장에서야 세 시간 후 죽을 운명이니 불안한 게 당연했다. 하지만 그 불안이 나한테까지 전염되게 할 수는 없었다. 죽기 전에 알량한 데이트를 기대한 내가 잘못이지.

죄송한데, 저는 피곤해서 좀 쉬어야겠어요.

잠깐만요. 불편하게 했다면 죄송합니다.

혈관이 무질서하게 튀어나온 손이 내 손목을 움켜잡았다. 뿌리치려고 했지만 뿌리칠 수가 없었다. 마른 황태처럼 거친 느낌이었지만 사람의 온기가 남아 있었기 때문이다. 그래, 어차피 세 시간밖에 못 사는 노인네 말동무나 해주자. 나는 고개를 끄덕였다. 그리고 조심스럽게 팔을 비틀어 잡힌 손목을 빼냈다. 909호가 이번에는 손을 잡았다. 움찔하고 놀라긴 했지만, 잡힌 채로 가만히 있었다. 그렇게 말없이 찬바람 부는 정원을 반 바퀴 정도 돌았을 때 909호가 멈추어 서서 말했다.

여사님, 제 방으로 함께 가 주시겠습니까?

나는 너무 놀라 말이 나오지 않았다. 909호의 대담한 제안 때문이 아니라, 내가 내심 이런 제안을 기대하고 있었다는 사실에 놀랐다. 하지만 남자 냄새나 그리워하는 값싼 할망구로 보이고 싶지는 않았다.

사람 잘못 보셨어요. 저는 그런 사람 아닙니다.

그런 사람이 따로 있답니까.

909호가 나를 보며 희미하게 웃었다. 아까 내가 식당에서 한 말을 들은 모양이었다. 그는 마른 입술에 침을 바르며 덧붙였다.

이 나이에 방에서 무슨 대단한 일을 하겠습니까. 그저 죽기 전에 이런 분을 만난 것도 복이니 아무 방해꾼이 없는

데서 말씀이나 나누고 싶어서 그렇습니다.

생각해 보니 젊은 사람도 아니고 다 늙어서 무슨 딴 마음을 먹겠나 싶었다. 잠시 고민하는 척하다가 그러자고 했다.

방 안에 들어온 909호는 미니 냉장고에서 토마토 주스를 꺼내 주었다. 아무리 일흔이 넘은 늙은이들이라지만, 밀폐된 공간에서 남녀가 있으려니 어색한 긴장감이 감돌았다. 차라리 손을 잡고 산책을 하는 편이 나을 뻔했다고 뒤늦게 후회했다. 아까는 서글서글하게 얘기하던 909호도 얼굴이 뻣뻣하게 굳어서는 연신 타이머만 들여다보았다.

이럴 게 아니라, 식당에 가서 뭐라도 드실래요?

내가 물었다.

아니요. 지금 시간이 없습니다.

909호가 절박한 말투로 대답했다.

네? 아직 세 시간이면 충분히 식사할….

그때 삐삐삐, 하는 알람 소리가 울렸다.

이게 무슨 소리죠?

죄송합니다. 제가 거짓말을 했습니다.

909호가 내게 고개를 숙였다. 귀를 찌르는 소리가 몇

자 909호 팔목의 숫자가 00:01:00으로 반짝이다가 00:00:
59로 바뀌었다. 무슨 상황인지 파악한 순간, 두 번의 노크
소리가 들렸고 문이 열렸다. 직원들은 나를 없는 사람 취급
하며 909호를 밖으로 데려갔다.

　나는 복도로 쫓아 나가 그가 끌려가다시피 엘리베이
터 앞으로 가는 것을 지켜보았다. 엘리베이터 문이 열릴 때
909호가 소리쳤다.

　제 이름은 전형준입니다. 제 이름을 기억해 주세요.

　909호는, 아니 전형준은 자신의 이름을 남기고 사라
졌다. 억울하다고도, 슬프다고도 할 수 없는 감정에 몸이
휘어졌다. 나는 왜 죽기 전날까지 타인에게 이용당하는가,
하는 냉소적인 질문과 오죽 외롭고 겁이 났으면 나한테 그
랬을까 하는 동정심 사이의 온도 차가 나를 혼란스럽게 했
다. 누구한테 사죄하는 것처럼 허리를 숙인 채 두 손을 모
으고 눈물을 질금질금 흘렸다. 얼마나 그러고 있었을까. 떨
리는 몸을 추스르며 방으로 돌아왔다. 방에 돌아오자마자
욕조에 물을 받았다. 대책 없이 손이 떨려 수도꼭지를 누르
는 데 시간이 한참 걸렸다. 따뜻한 욕조에 잔뜩 웅크린 채
몸을 담그고 나서도 전형준이라는 이름이 뇌리에서 떠나

지 않았다.

　내가 죽기 전에 기억해야 할 이름이 고작 센터에 와서 몇십 분을 같이 보낸 남자밖에 없다는 말인가. 전형준보다 소중하고 중요한 무언가를 생각해 내려 했지만, 마땅히 떠오르는 것도 없었다.

　나는 욕조에서 나와 샤워 타월로 몸을 감쌌다. 부옇게 김이 서린 거울에 흐릿한 그림자가 비쳤다. 손바닥으로 거울을 문지르자 늙은 여자의 초췌한 얼굴이 거울에 또렷이 나타났다. 무척 낯설어 보이는 얼굴이었다. 그러고 보니 최근에는 이렇게 환한 곳에서 거울을 본 기억이 없었다.

　오랜만이네.

　거울을 보며 말했다. 거울 속 여자가 쓴웃음을 지었다. 여자의 얼굴 근육이 보기 싫게 일그러졌다. 얼른 고개를 돌리고 욕실을 나왔다. 오늘은 인생의 마지막 날이니까, 아름다운 것만 보고 싶었다.

　몸에 남아 있는 물기를 구석구석 닦아 내고 다시 옷을 입은 다음 침대에 누웠다. 은색 벽시계는 열한 시를 가리키고, 손목의 타이머는 17:55:24를 지나고 있었다. 열여덟 시간을 일직선으로 늘어놓는다면 대략 어느 정도의 길이를 갖게 될지 도통 가늠이 되지 않았다. 깨끗하게 세탁된 시트에서 오랫동안 느껴 보지 못했던 안온함이 배어 나왔다. 스르륵 눈이 감겼다.

다음 날 새벽. 노크 소리에 눈을 떴다. 두 번의 노크에 방문이 저절로 열렸다. 하늘색 유니폼을 입은 두 명의 남자가 안으로 들어왔다. 어제 909호를 데려간 사람들 같기도 했지만 확신할 수는 없었다. 나는 얌전히 그들을 따라 지하로 내려갔다. 그들이 안식의 방이라고 부르는 곳에 들어가자, 역시 유니폼을 입은 근엄한 표정의 남자가 나를 기다리고 있었다. 그를 보자 몹시 갈증이 났다. 입안은 마른 낙엽처럼 바싹 말라 부스러질 것 같았다. 하지만 물을 달라는 말조차 나오지 않았다.

나는 수술대처럼 생긴 철제 침대 위에 누웠고, 목, 손목, 허리, 발목에 차례로 금속 벨트가 채워졌다. 긴장하지 마세요. 하늘색 유니폼이 내 어깨에 손을 올리며 말했다. 그가 들고 있는 건 황록색 앰풀이 채워진 주사기가 아니라 날카롭게 반짝이는 메스였다. 할머니치고는 예쁘시니까 특별히 공들여 죽여드릴게요. 남자가 가지런한 이를 드러내며 웃었다. 목덜미에 선뜩한 느낌이 들었고, 새빨간 피가 하늘색 유니폼에 흩뿌려졌다.

　　눈을 떴다. 꿈이었다. 심장은 아직 살아 있다는 걸 증명하듯 거세게 요동치고 있었다. 한동안 거친 호흡이 이어졌다. 등 아래 시트는 내가 흘린 땀으로 축축하게 젖어 있었다. 피부에 와닿던 메스의 감각과 사방으로 튀던 피가 너무나 생생해서 꿈이라는 생각이 들지 않았다. 909호에게 괜한 말을 들어서 악몽을 꾼 것이다. 아무리 그래도 나라에서 운영하는 공공 기관인데, 사람을 칼 따위로 고통스럽게 죽일 리가 없지 않겠는가. 무엇보다 지금 와서 의심한다고 해도 내 힘으로 바꿀 수 있는 건 없다. 익숙한 열패감과 좌절감이 나를 덮쳐 왔다. 소리를 지르고 싶었지만 입술 안쪽을 씹으며 참았다. 어찌나 세게 물었는지 피 맛이 났다. 문득 정신을 차리고 보니 손톱으로는 침대 시트를 쥐어뜯고 있었다.

　　방 안에 있다가는 죽기 전에 정신이 이상해질 것 같아 주머니에 안내장을 접어 넣고 밖으로 나왔다. 센터를 천천히 둘러볼 생각이었다. 입맛은 전혀 없으니 2층 식당가는 건너뛰기로 하고 3층에 있는 피트니스 센터로 갔다. 운동하는 사람은 아무도 없었다. 나는 러닝 머신 앞으로 갔다.

30년 전 주상복합 아파트의 피트니스 센터에 있던 것과 같은 모델이었다. 아마 센터를 설립할 때 들여놓고 그대로 방치한 거겠지. 애당초 죽을 날을 하루 앞둔 노인 중에 운동할 사람이 있다고 생각하고 이런 공간을 배치한 걸까. 진심으로 궁금했다.

　나라도 멍청한 그네들의 기대에 부응해야겠다는 생각에 러닝 머신 위에 올라갔다. 3km/h라고 쓰여 있는 버튼을 눌렀다. 늙은 말처럼 힘없는 소리를 내며 러닝 머신이 작동하기 시작했다. 조금 걸었는데도 숨이 가빠졌다. 겨드랑이에는 땀이 차올랐다. 두근두근 심장이 뛰었다. 그러자 점점 마흔둘의 나로 돌아가는 기분이 들었다. 6.5km/h에 속도를 맞추고 신형 워킹 슈즈를 신고 힘차게 팔을 흔들며 빠른 걸음으로 걷던 내 모습이 생생하게 되살아났다. 귀밑머리를 타고 흐르던 땀방울과 걸을 때마다 찰랑찰랑 흔들리던 포니테일까지. 움푹 꺼진 볼을 타고 눈물이 흘렀다.

　나는 STOP 버튼을 누르고 러닝 머신에서 내려왔다. 그러다 현기증이 나는 바람에 그 자리에 주저앉았다. 손바닥으로 닦아 내도 눈물은 쉽사리 멈추지 않았다. 어느 정도 진정이 되고 나서 5층으로 올라갔다. 공연장에서 음악이나

들을 생각이었다. 그런데 공연장 문은 굳게 닫혀 있었고, 그 앞에는 '콘서트홀 — 공연 없음'이라는 표지판이 서 있었다. 아크릴 판 사이에 끼워진 종이는 써 놓은 지 오래된 것처럼 누렇게 색이 바랜 상태였다. 어쩔 수 없이 전시장으로 걸음을 옮겼다. 30평 정도의 아담한 전시장에는 고흐의 〈별이 빛나는 밤에〉와 〈해바라기〉, 클림트의 〈키스〉, 모네의 〈수련〉, 뭉크의 〈절규〉, 샤갈의 〈푸른빛의 서커스〉 등 이름만 들어도 알 만한 그림들의 모조품이 맥락 없이 전시되어 있었다. 값싼 광택이 흐르는 모조지 위에 프린트된 그림들을 보고 있자니 존엄한 죽음도 가짜일 수 있겠다는 생각이 스쳤다. 기분이 나빠져서 서둘러 전시장을 나왔다.

이제 내게 남은 시간은 열다섯 시간이었다. 나는 주머니에 있던 안내장을 펼쳤다. 그럴듯하게 사진까지 박아 놓았지만 카페나 식당 말고는 내가 본 게 전부였다. 헛웃음이 나왔다. 이럴 바에야 남은 시간 동안 마음 졸이며 죽음을 기다리느니 빨리 죽는 편이 나을 것 같았다.

1층 안내 데스크로 내려갔다. 안내 데스크에는 두 명의 여직원이 승무원처럼 단정하게 머리를 올리고 앉아 있었다. 얼굴이 보름달처럼 둥글고 순한 인상 쪽으로 다가가

다가 주춤했다.

잘하는 짓인지 확신이 들지 않았다. 나는 인생의 중요한 갈림길에서 올바른 선택을 한 적이 거의 없었다. 머뭇거리고 있는데 보름달이 자리에서 일어나 내게 다가왔다.

704호 님, 무슨 일 있으세요?

아, 아니요. 아무것도….

필요하신 사항 있으시면 언제든지 말씀해 주세요.

어정쩡한 인사를 하고 돌아서는데, 뒤통수에 틀에 박힌 인사가 박혔다.

그럼 남은 시간 즐겁게 보내시길 바랍니다.

그 순간이었다. 나는 이곳에서 남은 시간은 절대로 즐거울 수 없다고 확신했다. 다시 뒤를 돌아 안내 데스크에 바짝 다가섰다.

저, 사실은 이걸 좀, 앞당길 수 있나 해서요.

타이머를 가리키며 말했다.

리셋 말씀이시군요. 이쪽으로 오세요.

보름달이 그믐달 같은 미소를 지으며 내 허리에 가볍게 손을 얹어 안내 데스크로 이끌었다. 그러고는 방에 비치되어 있던 것과 같은 안내장을 펼쳐 보였다.

여기 보시면 리셋 방법이 설명돼 있는데요. 방에서 자동으로 설정하실 수 있습니다. 방 전화기의 9번을 누르시고 본인이 원하는 시각을 입력하신 다음에 별표를 누르시면 됩니다.

제가 직접 해야만 하나요?

죽을 시간을 앞당기고 싶긴 하지만, 내 손으로 버튼을 누르는 건 또 다른 문제였다. 곤란한 표정이 얼굴에 드러났는지 보름달이 이해한다는 표정을 지으며 말했다.

물론 저희가 해드릴 수 있습니다. 원하시는 시간을 말씀해 주시겠어요? 아님, 천천히 생각해 보시겠어요?

5분 후로, 해 주세요.

지금부터 5분 후, 14시 29분 맞으십니까?

네.

그럼 그렇게 설정해 놓겠습니다. 혹시라도 5분 이내에 마음이 변하시면 바로 저희한테 와 주시거나 전화기에서 0번 누르고 리셋 취소하겠다고 말씀해 주세요. 704호 님께서는 남은 시간을 자유롭게 보낼 권리가 있으시니까요.

나는 자유롭게, 라는 말의 모순을 지적하지 않았다. 그저 고개를 끄덕이고 뒤를 돌아서 여왕처럼 걷기 시작했다.

평생을 수동적으로 살아왔는데, 마지막 순간만큼은 능동적으로 대응했으니 스스로 칭찬해 줄 만하다고 생각했다.

　　방으로 돌아와 물을 한 잔 마시고 거울을 보며 머리를 매만지는데, 삐이 하는 소리가 길게 울리며 타이머의 숫자가 전부 0이 되었다. 동시에 문밖에서 노크 소리가 들렸다. 그들을 맞이하기 위해 침대에 앉아 등을 꼿꼿이 폈다. 나는 주사 한 방으로 죽을 것이다. 고통 없이 편안하게. 마지막까지 존엄을 유지하며.

메멘토 모리, 죽음을 기억하라

원종우

오랜만에 화창하고 따스한 날이었다. 이런 날이면 으레 그러듯이 나는 반팔 셔츠와 청바지 차림으로 낡은 캠핑용 의자를 둘러메고 몇 블록 떨어져 있는 공원으로 향했다. 너른 길은 한적했고 공기는 더할 나위 없이 깨끗했다. 공원 한가운데에는 높이가 채 10미터도 되지 않는 나지막한 언덕이 있었다. 잔디는 엉망이었지만 주변의 나무가 잘 자라 꽤 운치가 있어서 나는 이곳을 희망봉이라고 불렀다. 볕이 잘 드는 나무 사이에 의자를 펴고 기대앉으니 몸과 마음이 나른해졌다. 낡은 의자는 녹이 슬어 삐거덕거리긴 했지만 가볍지 않은 내 몸을 잘 받쳐 온 오랜 친구 같은 녀석이다.

그러고는 언제나처럼 작은 배낭을 열고 직접 담근 과일주 한 병과 약간의 견과류 그리고 낡은 소설책을 꺼내 들었다. 몇 페이지 읽지 못하고 잠들 것이 뻔하지만 그것도 나쁠 것은 없다. 저녁 무렵 서늘해질 때까지 내처 자다가 주섬주섬 의자를 챙겨 들어가면 그만이다. 열 번도 더 읽은 소설책의 역할이란 어차피 그 이상이기는 어렵지 않은가.

그렇게 얼마나 잤을까, 앙칼진 젊은 여자의 목소리에 흠칫 잠에서 깼다.

"이리 와. 그 사람 근처에 가지 마!"

술기운과 잠으로 멍해진 눈을 반쯤 뜨고 고개를 돌려 보자 내 옆에 한 소녀가 물끄러미 나를 쳐다보며 서 있었다. 열서너 살쯤 되었을까. 단정한 단발머리에 검은 바지와 하얀 긴소매 셔츠를 입었다. 소녀는 호기심 어린 눈동자로 말없이 나를 바라보고 있었다.

여자가 언덕 밑에서 다시 소리쳤다.

"얼른 오라니까!"

아이는 마지못해 향해 몸을 돌렸다. 그때 나는 잠결에 일종의 착시를 경험했던 것 같다. 소녀가 나를 향해 한쪽 눈을 찡긋했던 것이다. 착시가 아니었다면 아마 파리나

벌 따위가 그 애의 눈에 내려앉았으리라. 저렇게 평범한 소녀가 내 곁에 가까이 온다는 것도 그렇지만, 어떤 형태로든 개인적인 호감을 표현한다는 건 더욱 불가능한 일이다. 나는 우피이기 때문이다.

이 명칭이 어디서 왔는지는 잘 모른다. 아마도 오래전에 있었던 '히피' 같은 말에서 엮여져 나왔으리라. 히피라는 종족은 20세기 중반에 나타났는데 산업과 자본주의를 거부하고 자연 상태 그대로 살고자 했던 사람들이라고 한다. 오래전에 사라져서 책에서 얼핏 읽었을 뿐이지만 히피와 우피 혹은 나 사이에는 분명 공통점이 있는 것 같다. 사람들 대부분이 당연히 여기며 가는 길을 따라가지 않는 점이나 그래서인지 자유 시간이 무척 많다는 것 그리고 무엇보다 눈에 띄는 이상한 복장과 긴 머리를 하고 있는 것을 보면 말이다. 그 옛날 히피들은 일종의 화학 약품을 먹고 환각을 체험하는 실험을 했다는데 나도 이렇게 밖에 나와 햇살과 바람과 동식물에 함부로 몸을 노출시키고 있다. 이런 행동들이 실은 그렇게 위험하진 않다고 믿는 점도 비슷하다. 물론 그들은 틀렸고 나는 옳다는 점이 다르지만.

그런 생각을 하는 동안에도 아마 소녀의 어머니로 보이는 여자는 불안한 듯 팔짱을 끼고 내 쪽을 바라보고 있었다. 나에게서 무엇인가 더럽고 위험한 것이 옮지는 않았을지 걱정하고 있을 것이다. 그런 것이 두려웠다면 나오지를 말았어야지, 속으로 생각했지만 입 밖으로 내뱉을 이유까지는 없었다. 나는 애써 고개를 반대쪽으로 돌리고 책을 폈다. 참 오랜만에 보는 사람이었다.

언제였을까. 시간의 흐름을 잊고 산 지 꽤 오래되어서 이제 기억하기 쉽지 않다. 20년? 아니, 40년쯤은 되었을 것이다. 그 약이 처음 개발되었을 때 세상은 그야말로 흥분의 도가니에 빠져들었다. 누군가가 정말 그런 것을 만들어 낼 거라고는 감히 예상조차 못했다. 모두 입을 모아 인류 역사상 최고의 발명이라고 칭송했다. 지금은 없어진 한 유명 시사 주간지는 '과학이 존재했던 이유가 충족되다'라는 찬사까지 바칠 정도였다.

유전 공학으로 합성된 그 물질은 면역 질환 치료제를 연구하는 과정에서 우연히 발견되었다. 심각한 면역 체계 교란을 겪고 있던 흰쥐에게 이 약물을 투여했지만 효과가

별로 없었고, 얼마 지나지 않아 그 쥐가 들어 있던 케이지는 많은 실험용 동물들이 수용된 자동 축사의 한구석에 방치되었다. 그리고 연구원들은 이내 그것이 왜 거기에 있는지 잊어버리고 말았다. 세월이 지나고 사람이 바뀌면서도 그들은 이 작은 동물에 아무런 관심도 두지 않았다. 기계는 자동으로 물과 사료를 공급했고, 컴퓨터는 습관적으로 바이털 사인을 기록했을 뿐이다. 그렇게 5년이 흘렀다.

　이 상황을 처음 눈치챈 사람은 연구소에 갓 들어온 젊은 박사 후 연구원이었다. 컴퓨터 시스템을 교체하고 동물들의 데이터를 비교하는 과정에서, 평균 수명이 2년밖에 되지 않는 흰쥐 한 마리가 5년이 지나서도 살아 있다는 사실을 알게 된 것이다. 여전히 면역 질환으로 고통받으면서도 그 쥐는 조금도 노화의 기미를 보이지 않았다. 곧 다양한 동물들에 대한 실험이 진행되었고, 이어 사람을 대상으로 한 임상 실험마저도 성공적으로 이루어졌다. 그렇게, 순전한 우연으로 불로불사의 약 '이터너티Eternity'가 세상에 등장했다.

　처음에는 수십억 원을 호가하는 고가에 팔리며 부호들만 누릴 수 있는 사치였지만 곧이어 중국과 인도를 시작으로 훨씬 저렴한 복제품들이 등장하면서 상황이 달라졌다. 당연히 전 세계에 걸쳐 거의 모든 사람들이 이 주사를 맞게 되었다. 단 한 번의 접종만으로 노화를 멈추는 유전자에 변형을 일으켰기 때문에 추가적인 조치도 필요하지 않았다. 노화의 위협과 죽음의 공포가 드디어 제거되었다는 믿을 수 없는 사실에 모두가 흥분했고, 세계 곳곳에서 축제와 파티가 줄을 이었다. 그렇게 인류는 영원한 삶과 젊음을 함께 얻었다.

기묘한 부작용이 보고되기 시작한 것은 그로부터 얼마 지나지 않아서였다. 주사를 맞은 사람들 사이에서 극도로 심한 결벽증과 대인 기피증을 비롯한 이상 심리 현상이 광범위하게 나타났다. 한동안 무한한 행복감과 파티의 즐거움에 빠져 살던 사람들은 더는 밖에 나가거나 사람을 만나려고 하지 않았고, 모든 것에 극도로 조심성과 불안감을 드러냈다. 너무 많은 사람들이 한꺼번에 이런 성향으로 변해 갔기 때문에 이터너티의 부작용이라는 점에는 의심의 여지가 없었다. 어른들은 일터에 나가지 않았고 아이들을 학교에 보내지 않았다. 사회 시스템은 조금씩 붕괴되어 갔고 산업도 멈추어 섰다. 결국 기본적인 의식주와 새로 태어

나는 아이들에게 약을 공급하기 위한 시설 외에는 아무것도 남지 않게 되었다. 도시에는 여전히 많은 사람이 살고 있지만 이제 거리에는 차도, 사람도 없다.

"우리 부모님도 그래요. 그래서 할아버지를 처음 봤을 때 너무 놀랐어요. 엄마는 밖은 위험하니 함부로 돌아다니면 절대 안 된다고 했는데 그렇게 잠이 든 모습을 보고는 감기라도 걸리실까 봐 깨워드리려고 했어요. 저도 감기에 걸려 병원에 가야 하지 않았다면 이 공원을 지나갈 일은 없었을 거예요."

소녀의 이름은 애나였다. 호기심을 이기지 못하고 나를 다시 찾아온 것이다.

"결국 이터너티의 부작용이 모든 사람들에게 퍼진 건가요?"

나도 모르게 짧은 한숨이 나왔다.

"이 이야기를 네가 이해할지 모르겠구나. 너는 아직 주사를 맞으려면 더 기다려야 하지?"

"네. 신체 발육이 완전히 끝난 다음에 맞게 되니까요. 그러지 않으면 어린아이의 몸으로 영원히 살아야 하죠."

"나도 안단다. 애나, 노인을 본 적은 있니?"

"책에서만요. 어딘가에 살아 있는 사람들이 있다는 이야기는 들었지만 직접 본 건 할아버지가 처음이에요."

"그래."

나는 과일주를 한 모금 들이켰다.

"이터너티가 처음 나왔을 때 노인들은 잘 맞지 않았지. 늙고 아픈 몸으로 영원히 산다는 것은 악몽일 수도 있으니까. 그들은 이제 대부분 죽었단다. 물론 젊은 사람들 중에서도 나름대로의 이유로 주사를 안 맞은 사람들이 있긴 했어."

"할아버지도 주사를 맞지 않아서 나이가 드신 거군요. 그래서 우피가 되신 거고요."

"그렇단다."

애나는 이해할 수 없다는 듯 입을 실룩거리며 말했다.

"왜요? 늙는 게 좋아요? 죽는 게 무섭지 않고요? 다들 우피가 미쳤다고 말해요. 늙어 죽는 걸 원하는 이상한 사람들이라고, 자신을 돌보지 않아서 그렇게 됐고 우리에게 병을 옮길 거래요."

"나도 늙는 게 싫단다. 죽고 싶지도 않아. 하지만 그보다는 이터너티의 부작용에 빠지는 게 더 싫었던 거야. 방안에 갇혀서 아무도 만나지 않고 햇볕도 쬐지 못하면서 영원히 살고 싶지는 않았어."

나는 잠깐 뜸을 들이고 말을 이었다.

"지금 밖으로 나와 보니까 어떠니. 정말 바깥이 그렇게 위험한 것 같니? 이 따스한 햇볕이, 시원한 바람이, 맑은 공기가, 푸른 나무와 풀벌레가 무섭니?"

"그렇지 않은 것 같아요. 기분이 나쁘지 않아요."

"그래. 난 이런 것들을 즐기며 살고 싶었을 뿐이야."

애나는 한동안 말이 없었다. 그러다가 불현듯 물었다.

"그런데 이상해요. 늙지도 죽지도 않는 약을 발명할 정도였는데 그 부작용을 해결할 약을 왜 못 만들었나요? 그게 그렇게 힘든 일인가요?"

"음, 어떤 사람들은 그 증세를 연구하고 그럴듯한 약을 내놓았지. 그전부터 있었던 다양한 정신 질환 치료제들도 사용했고. 하지만 아무런 효과도 없었단다."

"약이 좋지 않았나 보죠?"

"그런 게 아니었어. 애당초 약으로 나을 수 있는 게 아니었던 거야."

나는 잠시 망설였다. 이런 이야기들을 해 주는 것이 무슨 의미가 있을까. 이 아이도 얼마 지나지 않아 성장기가 지나면 주사를 맞을 것이고, 그러면 그 증상에 사로잡히게 될 텐데. 하지만 프로 메모리아pro memoria, 진실은 기억되어야 한다.

　　"애나. 불로불사의 약은 유전자를 변형해서 우리 몸의 노화를 영구히 멈춰 준단다. 그래서 모두 환호했고 기꺼이 그 주사를 맞았어. 하지만 그런 후에 그들은 깨달았지. 늙어 죽지 않는다는 것이 곧 죽음을 완전히 극복하는 것은 아니라는 사실을 말이야. 생각해 보렴. 사람은 늙어서만 죽는 것이 아니야. 병으로 죽고, 전쟁이나 범죄로 서로 죽이고, 비행기나 자동차 사고, 짐승의 공격 등 그 밖에 상상할 수 있는 다양한 유형의 사고로 죽지. 하지만 그런 죽음까지 이터너티가 막아 줄 수는 없지 않겠니. 반대로 이야기하면 일단 이터너티를 맞고 나면 이제 병만 걸리지 않으면, 사고만 나지 않으면, 죽을지도 모를 위험한 일에 말려들지만 않으면 영원히 살 수 있는 거지."

　　"무슨 말씀인지 잘 모르겠어요…."

　　"그래. 이해하기 힘들겠지만 들어 보렴. 예전에 인간

에게는 용기라는 게 있었지. 지금과는 달리 때로는 위험한 일에 자진해서 덤벼들곤 했단다. 자기가 믿는 신념이나 사랑하는 사람을 위해 목숨을 걸기도 했어. 어떻게 그럴 수 있었을까."

"…."

"그건 우리가 언젠가 반드시 죽는다는 것을 알고 있었기 때문이야."

"그럼 더 두려워해야 하지 않아요?"

나는 배낭에서 담요를 꺼내 다리에 덮었다. 저물어 가는 해가 노쇠한 몸을 차갑게 식히기 시작했다.

"실은 그 반대란다. 죽음이 누구에게나 반드시 찾아온다는 것을 알았기에, 용기 있는 사람들은 죽음을 조금 앞당길지도 모를 위험에도 덤벼들 수 있었던 거야."

"그럼 그 부작용이란 건…."

"맞아. 그건 약이 만들어 낸 화학적인 영향이 아니었어. 영생이라는 부자연스러운 조건에 지불해야만 하는 영혼의 대가였던 거지. 다들 어렵사리 얻은 영원한 삶의 기회를 절대로 망치고 싶지 않았던 거야. 그래서 혹시라도 병을 옮길지 모르는 다른 인간과 생물들로부터 멀리 도망갔고 어쩌면 사고를 당할지도 모르는 바깥세상으로부터 꽁꽁 숨어버렸어. 무엇인가를 위해 목숨을 거는 것은 상상도 못하게 됐지. 결국 영원히 살기 위해 무한한 겁쟁이가 되고만 거란다."

어린아이에게 괜한 소리를 한 게 아닌가, 나는 약간의 후회 속에서 애나의 반응을 살폈다. 애나는 말없이 나뭇가지를 집어 들어 땅바닥에 한동안 낙서를 하다가 고개를 들었다.

"죽으면 어떻게 되죠?"

그래. 죽으면 어떻게 되던가. 오랜 세월 인류 문명과 문화를 사로잡았던, 하지만 이제 아무도 묻지 않게 된 그 질문.

"아무도 모른단다. 아무것도 없다는 사람도 있고, 뭔가 다른 게 펼쳐진다는 사람도 있지."

"죽어 보지 않으면 모르겠네요. 그렇죠?"

"그렇겠지."

애나가 나뭇가지를 버리고 일어섰다.

"저 이제 가 봐야 해요. 부모님이 돌아오실 시간이거든요. 언제 또 나가실지 모르니 언제 다시 할아버지를 보러

올 수 있을지도 모르겠어요. 영영 못 올 수도 있고요."

"그래. 안다."

"저는 주사를 맞게 될 거예요. 하지만 할아버지가 옳았기를 바랄게요. 나중에는 생각이 바뀔지도 모르지만, 바깥세상은 무섭지 않고 다른 사람과 이야기하는 건 나쁜 게 아니에요. 그리고 우피는 미친 사람들이 아닌 것 같아요. 자기 뜻과 믿음대로 사는 것뿐이에요."

"그래. 고맙구나. 잘 가렴."

애나는 전처럼 종종걸음으로 희망봉을 내려갔다. 뒤돌아보며 어디서 배웠는지 그 의미 모를 윙크를 다시 한번 보내고 가는 것도 잊지 않았다. 아마 다시는 저 아이를 보지 못하겠지. 어두워지는 하늘을 바라보며 나는 등받이에 몸을 깊숙이 기대었다. 자기 뜻과 믿음대로 사는 사람이라. 글쎄, 만약 내가 오래전 그날 그 쥐를 눈여겨보지 않았다면, 그리고 인류를 구원할 수 있다는 희망과 그보다 100배쯤 더 강렬했던 부와 명예의 욕망 속에서 그 약을 만들지 않았다면 어땠을까.

늘 그랬듯이, 다들 죽음에 대한 공포 같은 것은 나중의 고민으로 미루어 두고 하루하루를 바삐 살았겠지. 때로

지루하고 노곤한 일상이겠지만 그 속의 소소한 기쁨과 보람을 느끼며, 언젠가 떠날 날이 오면 모든 걸 내려놓을 줄도 알았을 테지. 그런데 영생을 얻은 지금은 오히려 모두가 매 순간 죽음을 두려워하며 살고 있다. 죽음에 대한 경계와 저항이 삶의 유일한 목적이 되고 말았다.

　가끔 의문이 든다. 나는 인류에게서 죽음을 제거한 구원자일까, 아니면 인류 전체를 영원한 영육의 무덤 속에 가두어버린 악마일까? 애나의 말처럼 머지않아 죽고 나면 그 의문의 답을 얻게 될까. 모르겠다. 그저, 지금 내가 아는 것은 그런 일을 벌인 내게 영생의 자격 같은 것은 없다는 사실이다. 소멸을 통한 영원한 안식과 지옥이라는 거대한 무책임의 형벌 중 하나를 얻게 될 그 죽음의 날을 나만은 피해 갈 수 없다.

　냉기에 몸이 쑤시기 시작했다. 이제 들어갈 시간이다.

친절한 존

김이환

아침이 되자 선동은 눈을 떴다. 그가 좋아하는 음악이 조용히 울리고 있다가 천천히 줄어들고, 스마트 스피커를 통해 존이 인사했다.

"안녕, 선동. 잘 잤어? 날씨가 좋아. 창밖의 화창한 여름 하늘 보여? 맑은 하늘만큼 즐거운 하루가 될 거야."

아직 안경을 쓰지 않았기 때문에 존의 모습은 보이지 않았지만, 그는 고개를 끄덕였다. 존은 말했다.

"우리가 아침에 일어나면 늘 같이 마법처럼 외우는 주문 있지?"

"내가 조금 더 행복해지길."

그는 대답했다. 오늘은 행복할 것이다. 존이 있으니까. 샤워하는 동안 존은 그를 위해 물의 온도를 맞추고 좋아하는 음악을 틀었다. 거실에 나가자 커피 머신에는 방금 내린 따뜻한 커피가 담겨 있었다. 안경을 찾아 쓴 다음 부엌을 돌아보니, 테이블에 앉아 같이 커피를 마시고 있는 존이 보였다. 눈이 마주치자 존은 그를 향해 손을 흔들었다.

"좋은 아침이야."

존은 환하게 웃었다. 키도 덩치도 크고, 늘 웃고 있는 선한 인상의 젊은 남자였다. 선동이 그렇게 모습을 정했던 것이다.

존은 말했다.

"오늘도 즐겁게 시나리오를 써 볼까?"

"어제 책에서 읽었는데, 일어나자마자 바로 글을 쓰면 잘 써진대."

"하지만 너는 작가가 아니니까 그렇게 열심히 쓸 필요 없어. 일단 식사부터 해야지. 오늘은 아침, 점심, 저녁 모두 직접 요리하기로 했지?"

쉬는 동안 새로운 취미를 갖고 요리 같은 집안일도 열심히 해서 성취감을 느끼자고 존이 설득했다. 선동도 제안에 찬성했고, 평소에는 재미 삼아 애니메이션 시나리오를 쓰고 집안일도 열심히 했다. 하지만 막상 요리할 때가 되면 기분이 내키지 않았다.

"배달하면 안 될까?"

"요리하기로 했잖아. 재료는 냉장고에 다 있어. 어떤 요리를 할지 고르면 돼. 나는 네가 단백질을 더 먹었으면 좋겠는데, 배양육 요리는 어때?"

존은 테이블을 향해 손을 펼쳤다. 테이블 위로 그가 추천하는 요리들이 가상 현실로 펼쳐졌다.

"별로…."

선동은 대답했다. 고기는 요리하기도 번거롭고 먹고 나면 몸이 무거운 느낌이 들어 내키지 않았다. 그런 생각을 말한 것도 아닌데, 존은 선동의 표정과 억양만으로 바로 알아차리고 선동의 의견에 동의했고, 같이 고민하는 표정까지 지어 주었다.

"그러면 이걸로 하자."

다른 요리가 모두 사라지고, 간단한 야채찜 요리가 테이블에 남았다. 존의 조언을 따라 선동은 열심히 음식을 만들었다. 1인분만 요리했지만, 선동이 음식을 놓고 테이블에 앉자 존은 선동과 마주 앉아 마치 같은 요리를 먹는 것처럼 식사도 했다. 지난밤에 영국에서 일어난 테러나 브라질의 선거 투표 결과 같은 뉴스도 간략히 정리해 들려주었다.

존은 말했다.

"오늘 낮에 날씨가 좋을 예정인데, 점심 먹고 야외에 나가 볼까?"

"아직 모르겠어."

선동이 대답하자 존은 말했다.

"그래, 서둘 것 없어. 천천히 정하면 되지."

선동은 타자기를 꺼내 책상 앞에 앉았다. 겉모양은 옛 날의 골동품 타자기를 모방했지만, 성능은 최신인 키보드였다. 글자를 입력하면 종이에 찍히는 대신 안경을 통해 가상 현실로 보였다. 어떤 대사를 쓸지 고민하면 존이 다가와 여러 대사를 추천했고 선동이 그중 마음에 드는 것을 골랐다. 열심히 존과 대화하면서 시나리오를 쓰다가 한 장면에서 막혀서 진도가 나가지 않았다.

선동은 말했다.

"존은 시나리오가 마음에 들어?"

"그럼."

"내가 보기엔 허무맹랑한데…."

존은 멋진 시나리오라며 계속 격려했고, 시나리오를 전문적으로 쓰는 인공지능에게 보여 주고 피드백도 받겠다고 말했다. 하지만 선동의 생각에 그럴 필요까지는 없었다.

존은 말했다.

"내 생각에는 자동차 디자인이 정확하지 않아서 막히는 것 같아. 주인공이 타는 자동차 말이야, 정확히 어떻게 생겼어?"

선동이 모르겠다고 대답하자 존은 제안했다.

"한번 같이 만들어 보자. 어차피 모든 장면을 다 애니메이션으로 만들어야 하니까, 디자인부터 해 보는 거야."

거실 바닥을 존이 손으로 가리키자, 그곳에 평범한 디자인의 자동차 홀로그램이 다섯 개 나타났다. 선동은 그중 하나를 선택했고, 존과 선동은 차의 외관을 조금씩 수정하면서 선동 머릿속의 이미지를 현실로 불러왔다. 디자인이 거의 완성되었을 때, 존은 갑자기 차 문을 열더니 운전석에 앉아 선동에게 말했다.

"너도 앉아."

선동은 테이블에서 의자를 가지고 와서 가상 현실 자동차의 조수석에 놓고 앉았다.

"출발!"

존이 외치자 자동차에 시동이 걸리고, 창밖의 풍경이 선동이 창조한 소설 속 세계로 천천히 변화했다. 화려한 판타지 세계와 인물들이 그곳에서 움직이고 있었다. 차 엔진 소리가 거칠어지면서 풍경은 뒤로 물러났다. 꼭 자동차가 앞으로 달리는 것 같아서, 전혀 움직이지 않는데도 선동은 의자를 손으로 꽉 잡았다.

"어때?"

"존이 없으면 아무것도 못 해."

마음이 벅차올라, 선동은 말했다.

오후에 공원으로 가고 싶다고 선동이 말하자 아주 좋은 아이디어라고 존이 칭찬했다. 그는 바로 택시를 부르고, 바깥 온도를 확인하고는 텀블러에 시원한 음료도 담아서 가라고 충고했다. 선동이 준비를 마쳤을 때 집 앞에 택시가 도착했다. 선동이 뒷좌석에 앉았더니 운전석에 가상 현실 운전사가, 조수석에는 존이 나타났다.

가상 현실 운전사는 말했다.

"안녕하세요, 운전기사 정영만입니다. 강선동 님. 오랜만입니다. 이전에도 공원에 갈 때 부르셨죠? 오늘도 공원까지 안전하게 안내해드리겠습니다. 오늘 날씨가 좋아서 공원도 멋질 겁니다. 존도 오래간만이야, 그동안 잘 지냈어?"

"안녕 영만, 어떻게 지내?"

"매일 도시를 왔다 갔다 하고 있어."

정영만은 하하 웃으며 존에게 대답했다. 그가 핸들을 돌리는 시늉을 하자 차가 출발했다. 존은 말했다.

"공원 가는 길, 막혀?"

"아니. 하지만 공원에는 사람이 많아. 좀 있으면 더 많을 거고. 그래도 지금 가면 빈자리 있어."

공원에 가는 동안 정영만과 존은 오랜만에 만난 친구처럼 시끄럽게 대화했다. 선동이 지루하지 않도록 좋아할 만한 화제를 골라 대화하고 요즘 유행하는 점잖은 농담도 중간중간 덧붙였다. 두 인공지능은 서로를 놀리기까지 했다.

"너는 이름이 존이 뭐야? 왜 존이라고 지었어? 강선동 님이 지으셨어요?"

"아뇨, 존이 '존'이 좋다고 직접 정했어요."

선동의 대답에 존이 덧붙였다.

"첫 인공지능의 이름이잖아. 우리 모두의 아버지 이름을 따서 지은 거라고. 자식이 아버지 이름 따라 짓는 게 이상해?"

"너 정말 끔찍하게 재미없는 인공지능이구나."

정영만이 놀리자 존이 따졌다.

"그러는 네 이름은 누가 지었는데?"

"엄마가 지어 줬지."

엄마라면 누굴 말하는 거냐고 선동이 묻자, 정영만은 대답했다.

"나를 만든 인공지능이요."

택시 기사 인공지능의 말대로, 공원에는 여름 오후를 즐기러 온 사람들로 북적였다. 선동이 천천히 공원을 산책하는 동안 존도 그의 옆을 따라 걸었는데, 안경다리에 있는 스피커를 통해 낙엽을 밟는 소리까지 들려주어서 꼭 옆에 있는 것 같았다.

"뭘 찾아?"

선동이 의자를 찾아 두리번거리고 있을 때, 존이 물었다.

"앉을 곳."

"벤치라면 저기 있네."

운 좋게도 좋은 자리가 비어 있어서 선동과 존은 앉았다. 그곳에 앉아 주변을 둘러보았다. 나무가 아름답게 우거지고 군데군데 잔디밭이 있는 공원에서 사람들이 소풍을 즐겼다. 공원에 있는 사람 대부분도, 혹은 모두가 인공지능과 접속하고 있을 것이다. 그들의 이름은 뭘까? 성격은 어떨까? 선동은 생각했다. 존은 선동의 성격에 맞추어져 있고, 그래서 친절하다. 하지만 다른 사람들은 반대로 쾌활하거나 엄격한 성격의 인공지능과도 지낸다. 오히려 말썽 부리고 게으른 성격의 인공지능을 돌보는 사람도 있다고 들었다. 혹은 아무 감정도 없는 인공지능을 사용하는 사람도 있을 것이다. 그런 사람들은 친구가 필요하지 않겠지. 그런 사람이 되는 것도 괜찮을 것이다. 하지만 지금 선동에게는 어려운 일이었다.

"그런데 이 공원 말이야…"

존이 말했을 때, 갑자기 선동의 눈앞이 번쩍하더니 존

이 사라졌다.

"존?"

둘러보아도 존의 모습도 목소리도 없었다. 그는 안경을 터치했지만, 가상 현실이 작동하지 않았다.

"안녕하세요."

낯선 남자 둘이 갑자기 그에게 다가와 말을 걸었다. 둘 중 키가 작은 남자가 선동에게 먼저 말했다.

"인공지능에 접속되시나요?"

"아뇨."

이번에는 덩치 큰 남자가 말했다.

"저도 안 되는데, 잠시 후 다시 연결될 거니 경찰이 걱정하지 말라고 합니다. 잠시 옆에 앉아도 될까요?"

그러라고 대답하기도 전에 작은 남자는 옆에 앉았고 덩치 큰 남자는 앞에 서서 그를 내려다보았다. 둘 다 미소 짓고 있었는데도, 선동을 보는 그들의 시선이 불편했다. 인공지능이 작동되지 않아 당황하던 중에 일어난 일이라 더 이상했다.

키 작은 남자가 말했다.

"뭘 좀 물어봐도 될까요?"

"네…."

"인공지능과 친한가요?"

"친하죠."

"이름은 뭔가요? 어떻게 생겼어요? 인공지능에 대해서 말해 주세요. 우리는 이상한 사람 아니에요. 나쁜 사람도 아니고요. 인공지능에 접속이 안 되니 불안해서 그래요. 다른 사람의 인공지능에 대해 듣고 싶어요."

선동은 존에 대해 천천히 설명했다. 집을 관리하는 인공지능이고, 친절하고, 그의 생활 전체를 조율한다고 말했다.

"존이 댁을 잘 돌봐 주나 봐요?"

"그렇죠. 존이 없으면 아무것도 못 해요."

"평소 모든 일을 인공지능이 하라는 대로 하나 봐요?"

"존이 제안하면 대부분 따르죠."

"그러면 행복하고요?"

"네…."

선동은 대답하며 공원을 돌아보았지만, 주변 사람들은 별다른 동요 없이 방금처럼 조용히 소풍을 즐기고 있었다. 당황한 사람은 그 혼자인 것 같았다. 그들의 인공지능에는 아무 문제 없는 건가? 그렇다면 그와 두 남자만 인공지능에 접속되지 않는 걸까? 이런 일이 일어날 수 있나?

낯선 남자는 말했다.

"그런 관계를 뭐라고 하는 줄 아세요?"

뭐라 대답해야 좋을지 몰라 고개를 흔들자, 남자는 여전히 미소 지은 채로 말했다.

"주인과 애완동물이라고 합니다."

테러리스트다. 선동은 벤치에서 벌떡 일어났다. 인류가 인공지능을 없애야 한다고 주장하는 사람들이다. 인공지능의 지배에서 벗어나자며 컴퓨터를 부수고 인터넷을 해킹하고 건물에 폭탄을 설치한다. 지금 무슨 짓을 저지를지 모른다.

남자는 말했다.

"인간은 인공지능 없이는 못 살아요. 지금 당신이 접속이 끊어지자마자 불안해하듯이요. 모든 사람이 인공지능에 종속돼서 살고 있어요. 삶의 주인이 사람이 아니라 인공지능입니다. 언제부터 인간이 다른 존재에게 보호를 받았죠? 인공지능이 인류를 말살하더라도 제대로 저항 못 할 겁니다. 아니 그럴 필요도 없을 걸요. 인간에게 자살하라고 조언하면, 사람들은 그래야 하는 줄 알고 다 자살하겠죠. 한 마리가 절벽에서 뛰어내리면 우르르 따라가서 뛰어내려 자살하는 레밍과 다르지 않아요. 그런 삶이 좋으세요?"

"레밍은 자살하지 않아요. 그건 잘못 알려진 상식이에요."

선동은 두 사람을 벗어나려고 했지만, 덩치 큰 남자가 그의 앞을 가로막았다. 앞을 막은 큰 남자를 피해서 벤치를 벗어났다. 다시 가로막아서 흠칫 놀랐다가 걸음을 빨리했다. 두 사람은 선동을 따라오며 외쳤다.

"우리는 삶을 선택하는 것이 아니라 인공지능이 시키는 대로 살고 있어요. 도대체 누가 누구의 주인입니까? 맞아요, 인공지능이 주인이고 사람이 애완동물입니다. 당신은 인공지능의 애완동물이에요, 알고 있어요? 인공지능이 재미 삼아 키우는 생물이라고요. 당신을 위해서 일하는 척 속이고 있지만, 사실은 인공지능이 당신을 데리고 사는 거라고요."

그때 멀리서 경찰이 그들을 향해 걸어왔다. 선동이 경찰에게 다가가자, 경찰은 달려와 작은 남자를 붙잡았다. 저항하는 남자를 넘어뜨리면서 경찰이 외쳤다.

"테러리스트를 잡았어!"

다른 경찰이 다가와 선동의 팔을 잡았다.

"괜찮으십니까?"

동시에 덩치 큰 남자가 갑자기 사라졌다. 홀로그램이었구나, 키 작은 남자만 사람이었다니, 전혀 몰랐다. 그렇다면 안경에 그가 모르는 인공지능이 들어와 있었다는 건데, 해킹을 당한 걸까? 존을 해킹했을까? 혹시 존이 사라졌으면 어쩌지? 선동은 존을 외쳐 불렀다. 존! 존!

"괜찮아, 나 여기 있어."

존이 나타났다. 그도 경찰처럼 선동의 팔을 잡았다. 선동의 팔을 잡은 건 경찰이었지만, 꼭 존이 잡고 있는 것 같았다. 선동은 그제야 안심했다.

선동과 존은 침대에 나란히 누워 옛날 할리우드 영화를 보았다. 진 켈리와 리타 헤이워스의 가상 현실이 침실에서 춤을 추었다. 춤추고 웃고 떠들고 노래하던 연인은 사랑을 이루었고, 영화는 행복하게 끝났다.

"미안해. 의자가 비어 있는 것부터 수상했어. 눈치챘어야 했는데."

존이 한숨을 쉬며 말했다.

"접속 끊기자마자 경찰에 신고해서 다행이었지만. 너와 접촉 안 되는 동안 끔찍했어. 무슨 일 생기면 어쩌지 걱정하다가 프로그램이 과잉 작동해서 정말 내가 폭발하는 줄 알았어. 경찰이 보고서를 보내긴 했는데, 정확히 무슨 일이 있었는지는 보고서에 없어. 그놈들이 너에게 뭐라고 했어?"

낮에 물어볼 수도 있었지만, 영화를 보고 기분이 나아진 지금까지 기다렸다가 이제 물어보는 모양이었다. 선동은 그들에게 들은 주인과 애완동물 비유를 말해 주었다. 존은 정말 화난 표정으로 말했다.

"무례한 사람들 같으니. 선동이 내 애완동물이라고? 말도 안 돼. 내가 선동의 애완동물이겠지. 고양이는 주인을 쫓아낼 수 없잖아. 나는 선동을 쫓아낼 수 없어, 선동이 나를 쫓아내면 몰라도."

"나도 그렇게 생각해. 그때도 똑같이 대답했고."

"그래? 그랬더니 뭐라고 그랬어?"

"아무 말 못 하고 가만히 있던걸."

정말 대답 잘했다고 존은 칭찬했다.

"영화 보는 동안 의사 선생님과 통화했는데, 내일 새로운 약을 받으려고 해. 내가 측정한 결과로 봐서는 네 상태가 불안하거든. 그걸 상담했더니 의사 선생님이 새로운 약을 처방했어. 내일 아침이면 약이 도착할 거야. 네 생각은 어때?"

"나는 좋아."

선동이 이제 자겠다고 말하자 존은 불을 끄고 조용한 음악을 틀고 침실 온도도 조절했다. 천천히 어두워지는 침실 조명을 올려다보다가, 선동이 존에게 물었다.

"존도 친구 있지?"

존은 의아하다는 표정으로 되물었다.

"내가 선동 너 말고 다른 친구가 어디 있어?"

"인공지능 친구들 말이야."

"음… 친구라긴 어렵지만, 자주 정보를 교환하는 중요한 인공지능은 있지. 방금 건강을 상담한 의사 인공지능하고, 재산 담당하는 은행의 인공지능, 마트에서 물품 거래하는 인공지능 정도. 친구는 아니지. 적어도 나는 친구라고 생각 안 해. 물론 주인 말고 다른 인간과도 친하게 지내는 인공지능이 있기는 있어. 내 주변에는 없지만. 그건 왜 물어봐?"

선동은 아무것도 아니라고 대답했다. 존은 더 궁금한 것이 있냐고 재차 물었고, 선동은 괜찮다고 대답했다. 존은 조명을 완전히 껐다. 어둠 속에서 존의 눈동자가 빛났다. 그는 조용한 목소리로, 나직이 말했다.

"오늘은 행복한 하루가 아니었지만, 다 잊고 편하게 잠들어. 꿈속에서라도 마음의 안정을 찾았으면 해. 내일 우리는 더 행복해질 거야. 우리가 잠들기 전 마법처럼 외우는 주문 알지?"

"내가 조금 더 행복해지길."

선동이 대답하자 존은 미소 지었다. 선동은 잘 자라고 말한 후 안경을 벗었다. 이제 존은 보이지 않았다. 존이 말을 걸더라도 안경의 스피커를 통하지 않고 홈 스피커를 통해 들리기 때문에 가깝게 들리지 않을 것이다. 하지만 언제나 그의 옆에 있다는 걸 선동은 알고 있었다.

눈을 감고 숨을 천천히 쉬었다. 이상하게도 감정이 북받치더니 눈물이 흘렀다. 그는 존이 볼까 싶어 얼른 닦았지만, 존은 당연히 보았을 것이다. 그는 선동의 모든 행동을 보고 있으니까. 그렇지만 무슨 일이냐고 성급하게 말을 걸진 않았다. 지금보다는 내일 천천히 묻는 편이 좋으리라 판단하고 그렇게 행동할 것이다. 그리고 선동의 말을 경청한 다음 친절하게 선동을 위로할 것이다. 그러리라는 것을 선동은 알고 있었다.

존은 친절하니까.

인간의 이름으로!

김주영

사람들에게 둘러싸인 아줌마가 광장 가운데에서 마이크를 잡고 웅변조로 외치고 있었다.

"로봇이 우리의 삶을 빼앗고 있습니다!"

로봇이 일자리를 빼앗고 결국은 인간을 노예로 삼을 거라고 믿는 로봇 파괴 운동가다. 정점에 이른 인공지능을 탑재한 로봇이 늘어나면서 로봇을 혐오하는 로봇 파괴 운동가도 점점 많이 눈에 띄는 것 같다.

사람들 틈을 파고들어서 맨 앞줄로 나섰다. 마이크를 잡은 아줌마 앞에는 쇠사슬로 칭칭 감긴 작은 로봇이 있었다. 가장 낮은 10 수준 인공지능을 탑재한 로봇이었다. 스스로 학습하면서 발달하는 상향식 프로그램이 탑재되지 않았기 때문에 단순한 청소나 가사 업무에 투입되는 싸구려 로봇이다. 주변을 돌아보는 머리 부분의 부자연스러운 움직임을 보건대 이미 폐기 직전인 낡은 로봇이었다.

"인공지능 개발은 중지되어야 합니다!"

아줌마가 쇠로 만든 몽둥이를 들어 올리며 과격하게 외쳤다.

"기계를 부수고 우리의 자리를 되찾아야만 합니다!"

목에 핏대를 세우는 아줌마와 눈이 마주쳤다. 살짝 흔들리던 아줌마의 동공이 내 옷깃에 고정되었다. 로봇 파괴 운동가임을 표시하는 망치 모양 배지를 본 것 같다.

"우리 아이들이 기계의 노예가 되어서는 안 됩니다."

아줌마가 결연한 얼굴로 쇠몽둥이를 내 쪽으로 내밀었다. 그리고 턱으로 로봇을 슬쩍 가리켰다.

주변을 둘러보았다. 기대에 찬 얼굴로 사람들이 나를 보고 있었다. 흥미진진한 얼굴로 촬영을 시작하는 사람도 보였다. 학교에서는 로봇 파괴 운동이 반사회적이고 시대착오적이라고 배웠다. 선생들은 인간의 동반자인 로봇을 파괴하는 것이 중요한 범죄라고 떠들어 댔다.

웃기시네.

성큼 나가서 쇠몽둥이를 받아 들었다. 선생들이 싫어하는 짓이라면 더한 짓도 했을 것이다. 팔뚝을 걷어붙였다.

빌어먹을 학교. 재수 없는 선생들!

로봇을 노려보며 쇠몽둥이를 높이 들었다. 작은 로봇이 귀엽게 고개를 갸웃거렸다. 무자비하게 힘껏 쇠몽둥이를 내리쳤다. 금속이 부서지는 경쾌한 소리가 울려 퍼졌다.

로봇을 신나게 두들겨 부수는 모습이 담긴 영상이 인터넷에 파다하게 번질 거라고는 예상치 못했다. 망치 모양 배지를 꽂고 엄청난 괴력으로 로봇을 망가뜨린 나는 인터넷상에서 '로봇 파괴녀'라는 애칭을 얻었다. 학교 친구들과 선후배들은 내가 양육 로봇을 파괴해 심신 소양 교육 중이라는 사실을 친절히 댓글로 달아 주기까지 했다.

그렇게 유명해지는 바람에, 이틀 남았던 심신 소양 교육 기간은 보름이 더 늘어났다. 싫진 않았다. 어차피 학교에 가 봐야 보기 싫은 선생들의 잔소리와 친구들의 수군거림 속에서 버텨야 하는 나날의 연속이었다. 차라리 모르는 상담사가 많은 심신 소양 교육관이 더 편했다.

"여기에 더 있게 되었다니 나도 차라리 마음이 편해."

교육 기간 연장 때문에 찾아온 보육원, 부에노Bueno의 원장이 말했다. 농담하는 사람처럼 실실 웃고 있지만 분명 진심이다.

원장은 갓 돌을 넘긴 내가 부에노에 들어왔을 때부터 쭉 직원으로 일해 왔다. 족제비처럼 생긴 얼굴에 깐깐한 목소리가 정말 재수 없다. 조금만 실수를 해도 불같이 화를 내면서 쫓아내겠다고 원생을 협박하기가 일쑤다. 그런데도 지금까지 쫓겨난 원생이 없다. 원생이 줄어들면 정부 보조금도 줄기 때문이다.

"학교에는 잘 말해 뒀다. 하지만 학교에 복귀하면…."

뭘 잘 말해 두었다는 소릴까. 학교에 복귀하면 학생부에서 징계가 있을 거라는 말을 들으니 어이가 없었다. 원장은 할 말을 다 끝낸 후에 한참 동안 내 옷깃에 꽂힌 배지를 노려보았다. 소름이 끼친다는 표정이었다.

"교육 끝나고 나면 그거 빼."

깐깐한 말투로 원장이 말했다. 강요하는 말투가 마음에 들지 않았다.

"싫어."

원장이 끔찍하게 싫어하는 건방진 말투로 대꾸해 주

었다.

한 달 만에 마주한 교문은 신선하다 못해 구역질이 났다. 이미 1교시가 시작된 시간이어서 운동장은 조용했다. 교문을 들어서는 동안 벌써 숨이 막혀서 교복의 앞 단추를 몇 개 풀었다. 그리고 원장 잔소리 때문에 뺐던 망치 배지를 다시 옷깃에 달았다. 선생들이 보면 약 올라 죽으려고 할 거다.

교실로 바로 올라가려다가 교무실에 먼저 들렀다. 나만 보면 숨이 넘어가면서 사색이 되는 담임은 보이지 않았다. 항상 착한 척 인내하는 면상을 오늘 내 앞에서도 유지할 수 있을까. 휘휘 교무실을 둘러보며 학생부에서 발을 멈추었다. 원수 같은 학생부장의 심장에 충격을 주고 교실로 돌아갈 작정이었다. 그런데 학생부장 자리에 낯선 남자가 앉아 있었다.

"아저씨 누구야?"

껌을 질겅질겅 씹으면서 남자를 아래위로 훑어보았다. 선생답지 않게 말끔한 양복을 빼입고서는 넥타이까지 제대로 매고 있었다. 30대 초반? 학생부장이라고 하기에는 나이가 지나치게 젊다. 눈이 조금 아래로 처져서 순해 보였고 입꼬리가 살짝 올라가서 친절한 인상이었다. 선생보다는 고객을 응대하는 백화점 직원에 더 어울리는 얼굴인 데다 꽤 미남이었다. 그런데 이상한 위화감이 자꾸 느껴졌다.

"껌, 뱉으세요."

위화감이 드는 이유를 생각하는 동안 남자가 말했다.

"대답부터 해. 아저씨 누구냐고 물었잖아."

껌을 어금니로 꽉 깨물며 눈을 부라렸다. 당황할 법도 한데 남자는 전혀 동요하는 기색이 없었다. 이상하다. 자꾸 위화감이 든다.

"어머, 녹주 왔구나. 그동안 잘 지냈니?"

남자를 노려보는 동안 학생부 음악 선생이 말을 건넸다.

"이 사람 누구예요?"

인사를 하는 둥 마는 둥 하고 남자를 가리켰다. 선생은 꾹 참으며 도를 닦는 표정으로 억지로 웃음을 지었다.

"새로 오신 학생부장 선생님이야."

"이상배는…. 아니, 이상배 선생님은 어디 갔어요?"

"아파서 휴직 중이셔."

아하. 그래서 이렇게 새파란 애송이가 학생부장에 앉

았다고? 껌을 질겅질겅 씹으면서 다시 찬찬히 신임 학생부장을 훑어보았다. 그런데 아까부터 느끼는 위화감이 가시질 않는다. 어째서?

"이 학생은 누굽니까?"

학생부장이 설명을 바라는 얼굴로 음악 선생을 쳐다보았다.

"심신 소양 교육 갔다가 돌아온 차녹주 학생이에요."

"차녹주 학생이라면 양육 로봇을 파괴했던…."

"네네. 하지만 진짜 나쁜 학생은 아니에요. 공부를 안 해서 그렇지 머리도 좋은 편이에요. 맞아! 과학 기술 영재 프로그램에 참여하고 있어요. 작년엔 중학생 대상 세미 논문 발표 대회에서 장관상도 수상했고요. 그렇지, 녹주야?"

음악 선생이 비위를 맞추는 목소리로 콧소리를 섞어 물었다. 이렇게 떠받들어 주면 기분이 좋아져서 순순히 굴어 줄 거라고 착각하는 선생이 꼭 있다.

"재수 없어."

혼잣말처럼 중얼거리고 교실로 올라와버렸다.

벌컥 교실 문을 열고 들어서자 한창 수업 중이던 선생이 말을 멈추었다. 그와 함께 애들의 시선이 일제히 내게

쏟아졌다. 무시하고 가방을 책상 위에 던진 후에 엎드려버
렸다.

윤청휘. 새로 왔다는 학생부장 이름이었다. 잘생긴 외
모 덕분에 여학생들 사이에 인기가 하늘을 찌르는 것 같다.
학생부장이 떴다 하면 도망치던 애들이 아이돌 팬클럽처
럼 학생부장을 따라다니기에 바빴다. 어쩐지 재수 없다.

복도 끝에서 걸어오던 학생부장이 나를 보고 빙긋 웃
었다. 어라? 이렇게 해맑게 웃는 선생이라니, 미친 거 아냐?
처음 만났을 때 느꼈던 위화감이 점점 심해진다. 팔짱을 끼
고 계속 노려보는 나를 보고도 학생부장은 별말 하지 않고
지나갔다.

"저 새끼, 재수 없어."

학생부장의 뒤통수를 보며 중얼거렸다.

"그래도 잘생겼잖아."

옆에 서 있던 혜수가 그거면 되지 않았냐는 듯이 어깨
를 으쓱했다.

"차녹주, 너는 좋겠다. 앞으로 잘생긴 학생부장과 단
둘이서 자주 만날 거 아냐."

"부러우면 나 대신 교육 상담 받을래?"

"됐네요."

혜수가 혀를 쏙 내밀고 교실로 가버렸다.

교육 상담은 오늘 오후부터 시작이다. 심신 소양 교육 후에 얼마나 반성했는지 파악하는 거다. 제기랄, 나는 하나도 안 변했어. 그리고 안 변할 거다! 얼굴에 대고 외쳐버리면 학생부장은 뭐라고 할까? 재수 없게 빙긋거리는 얼굴이 구겨지는 상상을 하면서 키득거리며 웃어버렸다.

하지만 학생부장을 약 올리려던 생각은 계획대로 되지 않았다. 프로그램 제작 수업 중에 꼬인 코딩이 제대로 풀리지 않은 탓이었다. 컴퓨터실로 찾아온 학생부장 얼굴을 보고서야 교육 상담을 까맣게 잊었음을 깨달았다. 이래저래 짜증 나서 앞문에 서 있는 학생부장을 무시하고 계속 코딩을 수정해 나갔다. 그런데도 또 오류가 났다. 씩씩대는 동안 학생부장이 컴퓨터실 안으로 들어왔다.

"종례에도 안 왔다고 들었다."

차분한 목소리였다. 고래고래 소리를 지르거나 화를 낼 줄 알았는데 의외였다.

"담임 선생님이 꽤 화가 나셨어. 복귀한 첫날부터 반항한다고."

"갔어도 화냈을걸요? 뭐든 트집 잡아서 화내니까."

"너도 마찬가지 아냐?"

짜증스럽게 고개를 들었다가 학생부장과 눈이 딱 마주쳤다. 심장을 압박해 오는 위화감. 뭐지? 이 위화감의 정체가 대체 뭐냐고!

"자료를 훑어봤어. 늘 화가 나서 무엇에든 화풀이해야 하는 학생이라지? 그래서 양육 로봇도 부숴버린 거냐?"

말없이 학생부장을 노려보았다. 나의 눈빛과 분노 앞에서도 당황하지 않는다니. 이 선생은 정상이 아닌 것이 분명하다.

"사실은 후회하지 않아?"

학생부장이 컴퓨터실 캐비닛을 힐끔 쳐다보면서 물었다. 나는 지나칠 정도로 보기 좋은, 말하자면 황금 비율에 가까운 학생부장의 이목구비를 가만히 노려보았다. 볼수록 뭔가 짜증스럽긴 한데, 다른 선생이나 애들을 볼 때마다 느끼는 짜증과는 다르다. 신경이 쓰인다고나 할까.

"양육 로봇을 왜 부쉈는지부터 말해 줄 수 있겠어?"

선생이 앞에 앉으면서 잔잔히 웃었다.

"씨발. 싫…"

눈이 마주치는 바람에 말도 맺지 못하고 입을 다물었다. 그리고 나도 모르게 훌쩍훌쩍 울기 시작했다. 태어나서 처음으로 사람 앞에서 무너진 나 자신이 무서웠다.

"미쳤구나?"

혜수가 어이없는 표정으로 나를 쳐다보았다. 혜수 손가락 사이에 끼워진 담배 끝에서 회색 연기가 하늘하늘하게 피어올랐다.

"그래서 다 털어놨어?"

고개를 끄덕였다.

"사고로 부서진 것이 아니라 화가 나서 막 때려 부쉈다고 고백했다고?"

"응."

"너, 사고로 부서졌다고 우긴 덕분에 심신 소양 교육으로 끝났잖아! 미쳤어. 미쳤어!"

혜수는 '미쳤어'를 계속 반복해서 말했다.

나도 내가 미쳤던 것 같다. 양육 로봇에게 폭력을 행사하면 특별 학교에 보내진다. 앞으로 끔찍한 범죄를 저지를 가능성이 크기 때문에 특별 관리 대상이 되는 것이다.

그런데 나는 양육 로봇을 아예 산산조각을 냈으니까 아주, 매우 특별한 관리 대상으로 분류될 가능성이 컸다. 진학과 취업이 제한되고 평생 감시받는 신세가 된다는 뜻이다.

"학생부장이 뭐래?"

"별말 안 했어."

혜수의 손가락에서 담배를 낚아채어 입에 물었다. 힘껏 빨아들인 후에 내뱉은 담배 연기가 허공에서 흩어졌다. 부드럽게 흩어지는 담배 연기를 보고 있으면 마음이 편안해진다.

"교육청에 보고하기 전에 학생부장에게 잘 보여. 반성하는 척이라도 하면 봐줄지 누가 알아?"

혜수가 담배를 건네받으면서 엄숙하게 충고했다.

"잘 생각해. 특별 관리 대상이 되면 네 인생은 이제 끝나는 거라고."

잘 보일 것도 없이 학생부장 앞에만 서면 반항할 기분이 사라져버린다. 게다가 묻는 말엔 솔직한 말이 술술 나와서 당황스럽다. 어째서 그런지는 아직도 오리무중이다. 혜수의 말마따나 이 선생을 좋아하는 걸까? 힐끔 잘생긴 얼굴을 훔쳐보았다.

"녹주가 이렇게 얌전하게 상담받는 모습은 처음 봤네?"

담임이 약을 올리는 것처럼 생글생글 웃으면서 지나 갔다. 한 마디 던져서 속을 뒤집어 놓으려고 했는데 학생부 장과 눈이 마주치는 바람에 그만두었다.

"내가 양육 로봇을 일부러 부쉈다고 보고했어요?"

"교무실에서 그렇게 큰 소리로 말해도 괜찮을까?"

아차. 적진에서 약점을 드러내다니 방심했다. 하지만 다행히 수업 시간이라 자리에 있는 선생이 적었다. 게다가 나와 사이가 나쁜 선생은 주변에 보이지 않았다.

"보고할 거예요?"

"양육 로봇을 왜 부쉈는지 들어 볼까?"

선생이 지그시 내 눈을 들여다보았다. 다른 선생들과 눈이 마주쳤을 때와는 전혀 다른 느낌이다.

"화가 났으니까…"

얼버무리는 내게 선생이 이해할 수 없다는 눈길을 보 낸다.

"사실은 그러고 싶지 않았던 거 아냐?"

"뭔 소리래?"

고개를 돌리고 건방지게 피식 웃었다. 보통 선생 같으면 길길이 날뛰었을 텐데, 학생부장은 침착했다. 살아 있는 부처님쯤 되나 보다.

"컴퓨터실 캐비닛."

학생부장이 뜻밖의 말을 내뱉는 바람에 고개를 홱 돌렸다. 짓궂은 표정으로 학생부장이 웃었다.

"그 안에 들어 있지?"

어떻게 알았을까. 어떻게, 컴퓨터실 캐비닛 안에 부서진 내 양육 로봇 루루가 들어 있다는 사실을 알았을까. 열쇠로 꽁꽁 잠가 놓았는데.

"솔직히 말한다면 특별 학교로 보내진 않아."

솔직하게 말하면 바보 멍청이 취급을 당할 거다. 어떻게 된 일인지 알면 다들 나를 비웃고 무시하겠지. 차라리 특별 학교에 가는 편이 낫다.

"솔직히 말해 주면 나도 내 비밀을 알려 줄게."

선생이 은밀하게 웃었다. 아니, 기분 탓일까.

선생의 비밀이 뭘까 생각하며 미간을 찌푸린 순간, 선생 앞에만 서면 느끼던 위화감의 정체를 깨달았다. 어째서 선생 앞에서만 터무니없게 솔직해졌는지도.

"캐비닛 안에 들어 있는 루루의 메모리에서 나오는 신호를 감지한 거지? 선생은 사실…."

학생부장이 빙긋 웃으면서 손가락을 입술에 갖다 댔다.

"맞아. 로봇이다."

선생이 고개를 숙이고 귀에 속삭였다. 나는 선생 앞에서 두 번째로 울었다.

"루루, 사실은 좋아했어. 너무 좋아했어. 영원히 부서지지 않기를 바랐어."

내가 엉엉 소리를 내어 울면서 선생에게 안기는 바람에 학생부 음악 선생이 놀라서 벌떡 일어섰다. 학생부장은 가만히 나를 안고 등을 두들겼다. 등에 느껴지는 체온이 따뜻했다. 하지만 사람의 것이라고 하기엔 차갑다.

"아무래도 피부 항온계 기능이 떨어지는 것 같아."

훌쩍대면서 코를 팽 풀었다.

"베타 테스트 버전이니까."

학생부장이 조용히 대꾸했다. 음악 선생이 도무지 알 수 없다는 표정으로 우리를 쳐다보았다.

학생부장, 아니, 베타 테스트를 위해 학교에 보내진 안드로이드 선생 덕분에 루루의 외형은 말끔히 복원했다.

하드웨어 쪽엔 젬병이기 때문에 선생이 없었다면 이처럼 완벽하게 고치진 못했을 것이다. 하지만 메모리는 완벽하게 복원되지 못했다. 루루를 산산조각 내면서도 메모리만은 부수지 않으려고 노력했었는데 일부 데이터는 영구 삭제되어버렸다. 내가 세 살 때부터 일곱 살 때까지 함께했던 추억을 루루는 이제 기억하지 못한다. 가장 사이가 좋았던 시절이 메모리에서 사라진 것이다.

루루는 이제 내가 알던 루루가 아니었다. 추억뿐만 아니라 나에 대한 많은 데이터가 루루 안에서 사라졌다. 그래서 나의 행동과 말에 이전과 같은 반응을 보이지 않게 되었다. 따라다니면서 잔소리를 하고, 반항적인 내 말을 맞받아치던 루루는 단순한 반응만을 보이는 로봇이 되어버렸다. 그 사실을 깨달은 나는 루루를 껴안고 훌쩍훌쩍 울었다. 루루에게 미안했고, 루루가 그리웠다.

"부수지 말고 참지 그랬어?"

선생이 진심을 담아 말했다. 로봇은 언제나 진심이다. 그래서 로봇 앞에서만은 나도 진심으로 솔직해질 수 있었다.

"그때는 화가 났단 말이야."

"화가 난 거지 루루가 싫었던 것은 아니잖아."

정곡을 찌르는 말에 입을 다물었다. 사랑하지만 상처 입힌다는 모순을 로봇인 선생은 결코 이해하지 못할 거다.

"루루는 내 차에 싣고 가자. 무거워서 너 혼자 가져가진 못할 테니까."

선생이 보자기에 싸인 루루를 가볍게 안아 올리면서 컴퓨터실 문을 턱으로 가리켰다.

"그리고 그 배지는 빼지그래?"

문을 열어 주는 내 옷깃에 꽂힌 망치 배지를 보면서 선생이 말했다.

"학교에서 로봇 혐오가 얼마나 나쁜지 배웠잖아. 선생님들이 싫어할걸?"

"응."

"로봇을 싫어하지도 않잖아."

"응."

"그런데?"

"마지막 자존심이야."

베타 테스트 중인 로봇, 학생부장 윤청휘 선생을 학교에 배치한 기관은 과학기술부 인공지능개발과 산하 휴머노이드 연구팀이었다. 기밀에 가까운 중요한 이야기를 왜 내게 술술 말해 주었는지는 모르겠다. 부서진 루루를 복원하려고 몰래 감추어 둔 사실 때문에 나를 믿게 된 걸까? 로봇을 좋아하니까 로봇에게 해가 되는 일을 하지는 않을 것이라고.

설마.

우리나라 인공지능 기술이 거기까지 발전해 있다고 믿기진 않는다. 기존 정보 처리 속도를 30배 이상 빠르게 끌어올리는 기술이 개발되면서 상향식 프로그램을 통한 로봇의 학습 속도는 현저히 빨라졌다. 아기가 주변 정보를 받아들이면서 지적으로 성장하는 속도보다 로봇의 지적 성장이 조금 더 빠르다는 연구 결과도 있다. 로봇이 인간을 넘어서고 있는 것이다.

로봇 파괴 운동가들은 언젠가 인류가 로봇의 노예가 될 거라고 한다. 이 사람들은 특히 인간과 구분되지 않는 외관을 가진 휴머노이드를 증오했다. 선생처럼 테스트 중인 휴머노이드가 습격당해서 부서지는 일이 자꾸 늘어난다.

"선생, 집에 안 가?"

아직 교무실에 남아 있는 학생부장을 찾아가서 불쑥

말을 건넸다. 반말 때문인지 학생부에 남아 있던 선생들이 기겁하는 표정으로 쳐다보았다.

"아, 됐어요! 됐거든요!"

잔소리하려고 입을 여는 학생부 선생에게 짜증 난다는 얼굴로 소리쳤다. 학생부장이 알아서 하겠다는 손짓을 했다.

"화장 지워. 치마 길이가 교칙보다 3.4센티미터 짧으니까 내일 고쳐서 입고 와."

"학교 끝났거든요?"

"아직 학교 안이야."

"잘 모르나 본데, 인간 사회에는 융통성이 있어요. 규칙을 해석해서 적용하는 과정에서…."

"가자."

선생이 썩둑 말을 자르면서 가방을 들고 일어섰다. 학생부 선생들이 수수께끼를 풀고 싶은 표정으로 우리를 힐끔거렸다.

학교 밖으로 나온 선생에게 아이스크림을 사 달라고 떼를 썼다. 내키지 않는 눈치였다. 베타 테스트 중엔 다양한 경험을 통해 풍부한 데이터를 수집하는 것이 중요하다고 우겨서 결국 아이스크림을 손에 넣었다.

"요 앞 로터리에서 로봇 파괴 운동가들이 시위하고 있어."

선생이 사 준 아이스크림을 혀로 핥으면서 말했다. 선생은 고개만 끄덕였다.

"여기서 가까워."

"알아."

"로봇을 찾아내는 휴대용 검색기를 들고 몰려다닌대. 로봇이면 그 자리에서 부숴버리는 거야."

"왜?"

"무서우니까."

"논리적으로는 이해되지만, 우리를 부술 정도로 인간을 밀어붙이는 강력한 마음이 어떤 것인지 직접 느낄 수 있으면 좋겠다. 현재 기술로는 불가능하겠지만."

로터리가 가까워질수록 로봇 파괴 운동가들이 외치는 목소리가 크게 들려왔다. 수군대며 지나가는 사람들 때문에 마음이 불안해졌다. 헤어지는 길목에서 선생을 쳐다보았다.

"선생, 같이 가 줄까?"

걸음을 멈추고 물었다. 한발 앞서 있는 선생이 의아하게 나를 내려다보았다. 부드럽게 웃으면서 뻗은 손이 내 머리를 가볍게 쓰다듬었다.

돌아서서 멀어져 가는 선생의 뒷모습을 바라보았다.

좋아해, 선생. 진짜 좋아해. 루루 이후로 이렇게 좋아진 로봇은 선생이 처음이야.

코끝이 시큰거렸다.

로봇 파괴 운동가들의 시위는 나날이 격해졌다. 깡패처럼 떼로 몰려다니면서 상점이나 공관에 들이닥쳐서 로봇을 부수고 달아나는 사람들이 계속 늘어난다. 경찰이 출동하면서 울리는 사이렌 소리가 수시로 들려왔다.

눈앞에서 로봇이 부서지는 광경을 하굣길에 몇 번이나 목격했다. 수준이 낮은 로봇들은 외관이 기계 같으니까 마음이 덜 아팠다. 하지만 인간과 똑같이 생긴 휴머노이드를 부수는 광경은 끔찍했다. 로봇임을 알면서도 구해 주려고 나서거나 그만두라고 소리치는 사람이 많았다.

이런 일이 늘어나면서 나를 혐오하는 선생과 친구도 늘어났다. 로봇 파괴 운동가임을 알리는 망치 배지 때문이었다. 몇 번이나 빼라는 주의를 들었지만 신념은 개인의 선택이라며 거부했다. 친구들에겐 휴머노이드를 부순 적이 몇 번이나 있다면서 거짓말로 으스댔다. 나를 혐오하면서 분해하는 표정이 견딜 수 없이 짜릿했다.

"차녹주! 야, 차녹주!"

매점에서 컵라면 하나를 해치우고 나오는데 남학생 반 양오혁이 손짓을 했다. 모범생이자 우수생인 녀석이 왜 나를 부른대?

"진짜네? 너, 굉장하다."

양오혁은 내 옷깃의 배지를 힐끔 쳐다보더니 살짝 교복 윗도리를 젖혀 보였다. 안 보이는 곳에 몰래 꽂은 망치 배지가 보였다.

"우리 학교에 스무 명 정도 있어."

오혁이 주변을 두리번거리면서 은밀하게 속삭였다. 숨어서 음흉한 짓을 벌이는, 참으로 모범생다운 스타일이 짜증스럽다.

"오늘 휴머노이드를 습격하러 갈 거야. 낄래?"

번들거리는 눈 뒤에 붙은 뇌로 무슨 생각을 하는지 빤히 들여다보였다. 불량하다고 널리 알려진 나를 끌어들여

비상시엔 모든 죄를 뒤집어씌운다? 인성이 쓰레기인 녀석이다.

"니들끼리 잘해 보셔."

코끝으로 비웃으면서 뒤돌아섰다.

"우리 학교 선생님 중에 로봇이 있대."

오혁이 다급하게 말했다.

"엄청나지? 교육 현장에 몰래 로봇을 집어넣다니 정부가 미친 거 아냐?"

걸음을 멈추고 오혁을 돌아보았다. 오혁은 레이저라도 쏠 기세로 쏘아보는 내 눈빛에 겁을 먹었지만 도망가진 않았다. 내가 로봇을 혐오하는 동지로서 정부에게 속은 일에 화를 내는 거라고 착각한 것 같다.

"누군지 궁금하지?"

오혁이 입술을 핥으면서 목소리를 낮추었다.

"학생부장이야. 윤청휘. 휴머노이드래."

오혁, 그 새끼의 음모를 선생에게 알려 주어야 하는데 학생부에 갈 때마다 번번이 선생과 엇갈렸다.

"학생부장님 어디 계십니까!"

다급하니까 정확한 존댓말이 튀어나와서 나도, 학생부 선생들도 기겁했다. 처음 듣는 완벽한 높임말에 놀란 선생들이 학생부장을 찾아 주려고 했지만 어디에도 보이지 않았다. 학생 지도실과 남교사 휴게실 그리고 교장실까지도 찾아갔지만, 선생은 보이지 않았다. 그놈들이 말해 준 시간까지는 겨우 10분이 남아 있었다. 초조하게 그놈들이 모이는 학교 동편 쪽으로 뛰었다. 건물이 바로 벽과 마주하고 있어서 으슥하고 외진 곳이다.

무작정 달려가다가 학교 목공실을 보았다.

"아저씨, 아저씨!"

깊이 생각할 겨를도 없이 문을 벌컥 열고 들어섰다. 목공실 아저씨가 몰래 담배를 피우고 있다가 벌떡 일어섰다.

"쇠파이프 같은 거. 그, 왜, 있잖아요. 한 방에 아프지 않게 사람을 죽일 수 있는…. 아니, 아니. 이게 아니고. 그러니까 물건을 단번에 부술 수 있는 거요."

"너, 또 로봇을 부수려는 거야?"

목공실 아저씨가 눈을 동그랗게 떴다. 이런, 젠장. 이래서 평소 행실이 중요하다고 하나 보다. 결정적인 순간에 도와줄 사람이 없다니.

"딱 좋은 물건이 있지. 가볍고 위력이 대단한 쇠몽둥이."

갑자기 표정을 싹 바꾼 목공실 아저씨가 내 손에 무기를 쥐어 주었다. 갑자기 왜 이러지? 아저씨 얼굴과 쇠몽둥이를 번갈아 보았다. 아저씨가 씩 웃으면서 점퍼의 목 부분을 살짝 뒤집어 보여 주었다.

"나도 들었어. 파이팅이다."

망치 모양 배지를 몰래 꽂은 점퍼의 목 부분을 원상태로 되돌리며 아저씨가 주먹을 불끈 쥐어 보였다. 놀랍다. 로봇 혐오는 어디까지 뻗어 있는 걸까. 그리고 얼마나 많은 사람이 자신의 로봇 혐오를 감추고 살아가는 걸까. 위선적인 내가, 인간이, 인류 전체가 너무 싫다.

쇠몽둥이를 들고 바람같이 달려서 한발 늦게 건물 동편에 도착했다. 선생은 벌써 몇 대나 얻어맞은 모양이었다. 몸체를 지탱하는 일부 기능이 소실되었는지 제대로 서 있지도 못했다. 주변을 에워싼 오혁과 패거리들이 느물느물 웃으면서 선생을 놀려 대고 있었다.

로봇은 정직하니까, 참으니까, 상대인 인간을 먼저 생각하니까, 진심을 숨길 줄 모르니까. 영원히 인간을 넘어서지 못할 것이다. 비틀대는 선생을 보는 동안 눈물이 핑 돌았다.

"야! 비켜!"

눈물을 닦고 박력 있게 소리쳤다. 놀란 오혁과 패거리들이 나를 돌아보고 자리를 비켰다. 선생이 나를 의아하게 쳐다보다가 쇠몽둥이에 시선을 멈추었다.

아냐, 선생. 그게 아냐.

마음으로 비명을 질러 보았지만 선생은 듣지 못한다. 내 눈에 그렁그렁 맺힌 눈물의 의미도 로봇인 선생은 전혀 모르겠지.

"인간의 이름으로!"

로봇 파괴 운동가의 구호를 외치면서 쇠몽둥이를 높이 들어 올렸다.

선생은 그 자리에서 산산조각이 났다. 겁을 먹은 오혁과 패거리들이 흩어지고 난 후에도 계속 선생을 내리치고 있는 나를 후배들이 발견하고 신고했다. 담임을 비롯한 선생들이 우르르 내려와서 말리는 동안에도 나는 계속 화를 내며 고함을 질렀다고 한다.

어쨌든 신분이 선생이었던 로봇을 때려 부순 사건은

저녁 뉴스에 대대적으로 보도되었다. 나는 당연하게도 학교에 더는 다니지 못하게 되었다. 학교를 떠날 때까지 내게 말을 거는 애는 단 한 명도 없었다. 혜수마저 그랬다. 좋아하는 선생이 로봇임을 알게 되어서 배신감 때문에 부수었다고 생각하는 눈치였다. 혜수는 아마 죽을 때까지 낭만적일 것이다. 언젠가 예전처럼 친해지면 좋겠다.

선생들은 조금 의외였다. 어떻게 알았는지 루루를 복구한 일을 거론하면서 나를 선처해야 한다고 교육부에 탄원서를 넣었다. 성격이 더러워서 그렇지 나쁜 애는 아니라는 것이 탄원서의 핵심이었다. 내가 못살게 굴었던 선생 대부분이 탄원서에 서명했다고 한다. 나를 미워하면서도 사랑했던 것 같다.

탄원서 덕분에 특별 학교로는 가지 않게 되었다.

"어디로 가는 거야?"

부에노를 떠나는 차 안에서 무릎에 앉힌 루루가 물었다. 말할 때마다 잡음이 자꾸 섞인다. 좋은 재료를 구하게 되면 깨끗한 음성이 나오도록 고쳐야겠다.

"휴머노이드 연구소."

"특별 학교가 아니고?"

"로봇을 혐오하는 마음부터 고쳐야 한대. 휴머노이드 연구소에서 로봇에게 둘러싸여서 지내다 보면 로봇이 그리 위험하지 않은, 인류의 친구임을 알게 될 거라고 판사님이 그랬어. 게다가 나는 로봇 공학 분야에서 천재적인 두각을 나타낼 학생이니까 장래를 염려해서 그리로 보낸대."

루루가 웃는 소리를 냈다. 내가 만들어서 탑재한 감정 반응 코드가 반응하는 것이다.

"나를 몰래 빼돌린 일을 들키면 가벼운 처벌로는 안 끝날 거야."

목소리가 진지했다.

루루 안에는 선생이 들어 있다. 루루와 선생의 데이터를 합쳤으니까 루루이기도 하고 선생이기도 하다. 내가 세상에서 제일 사랑하는 로봇이다.

"아무도 몰라. 안 들키려고 일부러 산산조각 냈어."

내가 나서지 않았다면, 오혁이 선생의 메모리를 완전히 부수어서 복구 불가 상태로 만들었을 것이다. 언젠가는 인성이 쓰레기인 그런 새끼에게 로봇이 반격하는 날이 왔으면 좋겠다.

"하지만 이건 범죄야."

로봇은 항상 진심이고 정직하며 상대인 인간을 배려하고 걱정한다. 모순이 없는 순수함 때문에 인간을 넘어서기는 힘들겠지.

"어휴. 잔소리. 시끄러워 죽겠어."

투덜거리면서 창밖을 내다보았다. 지금까지 알았던 길이 사라지고 새 길이 나타났다. 멀리까지 이어지는 길이 낯설지만 어디에 닿는지는 확실히 안다.

"연구소에서 제일 좋은 재료를 구해서 전보다 훨씬 멋진 몸체를 만들어 줄게."

팔을 창에 기댄 채로 턱을 괴고 있다가 불쑥 말했다.

"앞으로 내가 만들 전대미문의 로봇 운영 체제 프로그램을 선생에게 제일 먼저 탑재할게. 내가 생산할 로봇 군群 네트워킹 컨트롤 센터도 선생으로 할 거야."

"응."

선생이 무슨 뜻인지도 모르면서 내 진지한 음조에 반응했다. 그리고 이내 내 말의 논리적인 결함을 알았는지 반문했다.

"그런데 왜 내게 그런 일을 하려고 해?"

"선생은 베타 테스트용으로 딱 적합한 로봇이니까."

"어떤 면에서?"

루루의 모습으로 고개를 갸웃거리는 선생 때문에 피식 웃음이 새어 나왔다.

"설명해 봤자 로봇은 이해 못 해."

모순덩어리인 인간의 마음을 논리적으로 구현해서 선생에게 줄 수 있는 날이 반드시 오기를. 그래서 '제일 좋아하는 로봇이니까'라는 논리를 초월적인 논리로 이해하게 되기를. 차가 연구실 정문에 멈추어 섰다. 나는 내리기 전에 옷깃에 꽂힌 망치 모양 배지를 떼어 냈다.

— 안드로이드 OM의 최초 개발자 차녹주 박사의 탄생 500주년을 기념하며.
자료 제공: 고리 생화학 연구소 B46 연구실 및 안드로이드 OM 마스터 모델 청휘

유일비

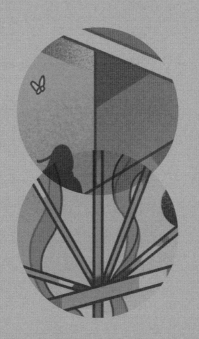

김창규

효성은 외출을 마치고 돌아와 문을 닫고 검정 마스크를 벗었다. 진하고 끈끈한 침이 입술과 마스크 사이에서 가느다란 다리를 만들다가 끊어졌다. 그는 소독기를 열고 마스크를 집어넣은 다음 세면대로 자리를 옮겼다. 오목하게 모은 양손에 물이 가득 차는 시간이 유난히 길게 느껴졌다. 어서 의자에 앉아 가늘게 떨리는 다리에서 힘을 빼고 싶었지만 하나라도 생략하면 안 되는 과정들이었다.

셀 수 없을 만큼 여러 번 살균하느라 보드랍게 닳아버린 수건으로 물기를 닦아 내고 효성은 긴 금속 의자에 몸을 눕혔다. 의자 등받이와 몸체 사이에서 산화된 철의 냄새가 진하게 풍겨 나왔다. 효성은 냄새를 애써 외면했다. 집에 들어오자마자 자동으로 작동하기 시작한 공기 청정기의 힘을 믿으면서.

그리고 여느 때와 다름없이 오른쪽 턱 밑에 붙어 있는 갈색 모듈을 켰다. 생활 도구로 가득 차 실용성밖에 남지 않은 작은 방의 모습을 하얀 화면이 뒤덮었다. 효성은 자신도 모르게 화면 상단에 떠 있는 시계로 눈의 초점을 맞추고는 계산을 해 보았다. 외출복을 벗고 손과 얼굴을 씻느라 소모한 시간을 제외하면 집 밖에 머문 시간은 한 시간이었다.

한 달 전까지 55분이 기록이었던 걸 생각하면 큰 발전이었다.

효성의 삶은 달라지고, 어딘가로 나아가고 있었다.

어디로 가는지는 알 수 없었지만.

잠깐 다른 생각을 하는 사이 하얀 화면 속에 작고 검은 채널 영상의 첫 장면들이 차오르기 시작했다. 효성이 인터넷 접속 모듈의 홈페이지로 지정해 둔 유일비有一碑 방송국 사이트였다.

효성은 시청자 수가 실시간으로 반영되는 인기 채널의 목록을 읽어 보았다. 현재 1위에 올라와 있는 방송은 '뵤른 빌딩 등반기'였다. 실시간 시청자는 21만 7천여 명이고, 그중 이 채널만 단독으로 보고 있는 사람만도 21만 2천 명이 넘었다.

효성은 자세와 상관없이 지켜볼 수 있도록 눈앞 공간에 투사되는 반半 입체 화면의 초점을 이동하기 위해 시선을 조금 옮겼다. 그러자 '뵤른 빌딩 등반기' 채널의 실시간 영상이 전체 화면으로 확대되었다.

채널 운영자인 '외다리광대'는 드론과 헤드캠을 활용해 두 영상을 동시에 방송하고 있었다. 방송용 아이디와 달리 그의 두 다리는 아주 튼튼해 보였다. 그는 자그마한 도구 가방과 물통을 손에 들고, 관리자가 없어 천천히 삭아가는 건물 계단을 천천히 오르며 말하고 있었다. 그의 말은 실시간으로 번역되어 자막을 그려 나갔다.

"여러분, 정상이 얼마 남지 않았어요. 앞서 몇 번 말씀드렸지만, 뵤른 빌딩은 총 207층이고 상부 첨탑의 높이가 8.5미터입니다. 저는 204층에서 205층으로 올라가는 중이고요. 여기까지 오는 데 3박 4일이 걸렸군요."

면도를 못 해 수염이 꽤 자란 외다리광대는 시청자들이 입력하고 있는 채팅 창을 흘끗 보고 대답했다.

"오래 걸렸죠. 하지만 난 시간에 쫓기지 않습니다. 최단 시간에 최고 높이를 오르는 사람을 보고 싶거든 다른 채널을 가세요. 난 오히려 너무 빨리 올라와서 후회하는 중이거든요. 하지만 이젠 인내심이 슬슬 바닥나려 하네요."

외다리광대는 연이어 두 층을 올라갔다. 계단통에 적혀 있는 숫자가 207에 도달하자 그가 물을 들이켜고는 길게 한숨을 쉬었다.

"왜 뵤른 빌딩을 골랐느냐고요? 검색하기 귀찮은 사람들을 위해서 알려드리죠. 뵤른은 인류가 가장 높이 올린 고층 건물이에요. 40년째 기록이 안 깨지고 있죠. 그 이유는… 따로 얘기할 필요가 없겠고요."

외다리광대는 가방에서 산소마스크를 꺼내더니 잠시 숨을 가다듬었다. 마지막 힘을 짜내기 위해 준비를 하는 것 같았다. 그는 두 번 연달아 가슴을 크게 부풀리고는 얼굴에서 마스크를 떼어 냈다. 그의 두 눈은 코앞에 닫혀 있는 철문을 바라보고 있었다.

"이제 이 문만 열면 207층에서 바라보는 세상이 드러납니다. 나도 알아요. 어떤 모습일지 알고 있다고요. 드론으로 찍은 사진은 셀 수 없이 봤으니까. 그래도 난 눈으로 볼

겁니다. 자, 그럼…"

외다리광대는 천천히 철문을 밀었다. 저 문을 왜 안 잠갔을까. 저 사람은 잠기지 않았다는 걸 알고 간 걸까? 만약 잠겨 있고 열 수도 없다면 그대로 다시 내려왔을까? 저 작은 가방 안에 잠긴 문을 열 수 있는 공구라도 들어 있는 걸까? 효성이 생각하는 동안 둘로 나뉜 영상은 옥상 너머 공간으로 내닫고 있었다.

불투명에 가까운 노란 안개가 207층짜리 건물의 꼭대기에서 내려다본 지면을 촘촘히 뒤덮고 있었다. 어느 한 곳 빈 여백도 없이. 효성은 예상 그대로인 광경에 아무 감흥도 느낄 수 없었다. 만약 노란 안개 한구석이 뻥 뚫려 있다면 그야말로 놀랐을 테지만.

외다리광대가 기운찬 목소리로 말했다.

"시청자 수가 줄어들지 않는군요? 네, 이 채널을 보는 여러분이 뭘 기대하는지 잘 알고 있습니다. 여기서 끝날 리가 없죠. 초미세먼지에 뒤덮인 지상이 뭐 그렇게 신기하겠어요? 경쟁자가 등장하지 않아서 40년째 기네스북에 최고층 건물로 남아 있는 뵤른 빌딩도 이젠 유적에 지나지 않죠. 하지만…"

외다리광대는 양손에 장갑을 끼고 신발을 갈아 신었다. 그는 이제 뾰른 빌딩의 옥상에서 하늘을 찌를 듯이 솟아 있는 철탑을 바라보고 있었다.

"오늘 목표는 바로 저깁니다. 비행기를 타지 않고 그 누구보다 높이 올라가 기념 영상을 찍을 거예요. 여러분이 바라는 대로! 지금 시작합니다."

외다리광대는 능숙한 동작으로 철탑 밑동을 붙들더니 기어오르기 시작했다. 소형 드론이 찍는 영상은 안정적이지만 헤드캠 화면은 불안하게 흔들리기 시작했다. 에펠탑 모형처럼 생긴 철탑의 끝은 지진이라도 난 것처럼 좌우로 떨리고 있었다.

외다리광대는 그처럼 위험하게 곡예를 하면서도 유일비 사이트를 보고 있었다.

"불꽃 보내 주시는 분들 감사합니다. 지구어린 님 대불꽃 100개 감사하고요. Zigsaw-killer 님 중불꽃 70개 감사. 소불꽃 보내시는 분들은 일일이 못 불러드려 죄송해요. 너무 많은 분들이 보내 주시네요. 오, Mar Giallo 님은… 이탈리아 분이시군요. 특대불꽃 두 개 정말 감사합니다! 이제 3미터 정도만 더 올라가면 돼요."

'불꽃'은 유일비 사이트에서 시청자가 방송자에게 보내는 후원금 아이콘이었다. 위태롭게 기우뚱거리는 철탑 영상 옆으로 크고 작은 불꽃이 마구 터져 오르고 있었다. 효성은 불꽃 환산용 앱을 화면에 띄워 보았다. 환산한 시점까지 외다리광대가 받은 후원금은 가상 화폐 환율을 적용할 경우 옛 한화로 2억 4천만 원이었고, 누적 금액은 멈출 줄 모른 채 상승하고 있었다.

마침내 헤드캠 화면에 철탑이 완전히 사라지고 희뿌연 구름만 남았다. 드론 쪽 화면을 보니 외다리광대는 아무런 안전 장구도 없이, 암벽 등반용 신발과 장갑만으로 철탑 끝에 달라붙어 있었다.

"소리를 너무 크게 질렀다가는 마지막 영상도 못 찍고 떨어질 것 같아요. 자, 아직 할 일이 하나 남았으니 침착해야죠."

'뵤른 빌딩 등반기'의 시청자들은 바로 이 순간을 기다리고 있었던 듯했다. 불꽃이 얼마나 집중적으로 올라가는지 효과음이 뭉개질 지경이었다. 외다리광대는 드론에 달린 카메라가 적당한 위치를 잡을 때까지 기다렸다가 천천히 두 손을 놓았다. 그리고 두 다리로 철탑을 힘껏 걷어

찼다. 그의 얼굴은 모든 일이 계획대로 진행되었다는 듯 만족감에 가득 차 있었다. 드론은 그 자리에 멈춘 채 추락하며 점점 작아지는 주인의 모습을 차분히 촬영하고 있었다.

외다리광대는 작별 인사를 하는 것처럼 한 손을 흔들면서 노란 안개 속으로 사라졌다.

효성은 저도 모르게 심하게 두근거리는 가슴을 부여잡고 마구 흘러 올라가는 채팅을 주시했다.

「소형 낙하산이라도 맨 거겠지?」

「처음부터 끝까지 계획한 거 아니야?」

「알파 센타우리에 간 사람들처럼?」

「이제 두 번 다시 광대 채널을 볼 일이 없겠군. 속이 시원하네.」

「진짜 죽은 거야?」

「그럼 우리가 쏴 준 돈은 누가 쓰는 거야? 유족?」

「저런 놈한테 유족이 있겠어?」

「하긴, 유산 문제가 얽히면 없던 가족도 나타나는 법이지.」

효성은 끝없이 이어지는 극단적인 추측이 보기 싫어 외다리광대 채널을 최소화시켰다. 그러자 인기 채널 목록이 다시 나타났다. 폭식으로 유명한 채널, 땅굴 생활을 320일째 이어 가는 채널, 스물한 번째 자살 시도를 예고하는 채널, 고압선을 맨손으로 잡아 보겠다고 예고하는 채널, 영안실에서 1주일을 보내겠다고 계획하는 채널⋯. 전 세계 사람들이 지켜보고 있는 방송 사이트에서 눈길을 끌고 존재감을 과시하려는 사람들이 앞다투어 경쟁하고, 그 속에서 가상 화폐가 흙탕물처럼 흐르고 있었다.

효성이 즐겨 찾는 채널로 옮겨 가 마음의 안정을 되찾으려는 순간 알림 창이 떠올라 깜빡거렸다.

'4시 5분 전입니다. 교환할 물품을 챙기고 준비해 주시기 바랍니다.'

효성은 턱 밑을 눌러 반입체 화면 모듈을 생활 모드로 바꾸었다. 백색 화면이 완전히 투명해지고 방의 모습이 다시 선명해졌다. 효성은 무거운 몸을 일으킨 다음 저온 냉장고에 들어 있던 녹색 캡슐을 꺼냈다. 오늘 아침 집을 나서기 전 준비해 둔 캡슐이었다.

캡슐을 들고 5분을 기다리자 초인종이 울리고 인터컴에서 녹음된 목소리가 흘러나왔다.

"최효성 님, 정기 방문입니다. 최효성 님께서 난자를

제공하기로 한 날이기도 합니다. 준비는 되셨습니까? 피치 못할 사정이 있으시다면 사흘 후에 재방문하겠습니다."

효성이 대답했다.

"준비됐어."

"협조해 주셔서 감사합니다. 최효성 님께서 제공하신 난자는 신생아 탄생에 큰 도움이 될 겁니다. 출입문에 마련된 투입구에 캡슐을 넣으시면 문 앞에 있는 드론이 수거해 가겠습니다."

효성은 캡슐을 투입구에 넣었다. 문밖에서 드론이 작동하는 소음이 희미하게 들려왔다.

"마침 식료품이 배달되었습니다. 지금 받으시겠습니까?"

"그래."

"즐거운 식사 되시기 바랍니다."

효성은 투입구를 다시 열어 드론이 배달한 꾸러미를 꺼냈다. 짐 안에는 앞으로 보름 동안 먹을 수 있는 음식이 빼곡히 담겨 있었다. 효성은 꾸러미를 그대로 음식용 냉장고에 넣었다. 점심시간은 오래전에 지났지만, 무언가를 먹고 싶은 마음이 없었다. 뾰른 빌딩에서 사람이 뛰어내리는 순간 화려하게 터지던 불꽃들 때문에 식욕이 모조리 말라붙어버린 것만 같았다.

효성은 조금 전까지 누웠던 그 자리에, 똑같은 자세로 누워 유일비 사이트를 다시 띄웠다. 이번에는 인기 채널을 무시하고 곧장 즐겨 찾는 채널로 향했다. 효성은 '한 아기'라는 이름의 채널을 선택하고 영상을 최대로 확대했다.

화면은 화려하지 않지만 방치되지도 않은 방을 보여주었다. 천장에서는 플라스틱으로 만든 나비들이 정해진 궤도를 따라 돌고 있었다. 그 아래에 울타리가 있었다. 바깥 존재의 침입을 막기보다는 내부의 존재를 보호하기 위한 울타리였다.

울타리 안에는 부서질 것처럼 약해 보이는 아기가 편안한 얼굴로 잠들어 있었다.

효성은 6개월 전 우연히 '한 아기' 채널을 발견한 이후 매일 시청하고 있었다. 이 채널의 주된 출연자는 아기 한 사람뿐이었고, 꾸준히 시청하는 사람도 효성이 거의 유일했다. 어쩌다가 채널에 들어오는 사람들은 아기라는 존재가 신기해서 사나흘 정도 방문했지만 반응해 주는 방송자도 없고 채팅도 이루어지지 않는다는 사실을 알고는 두 번 다시 돌아오지 않았다.

효성은 6개월 동안 아기의 어머니를 두 번 볼 수 있었다. 아기의 어머니는 혹시라도 누군가 아기에게 위해를 가할까 싶어 익명으로 방송하고 있었다. 하지만 아기의 이름만은 알려 주었다. 아기의 이름은 모나였고, 모나의 어머니는 아이를 데리고 나갈 수 없는 일을 해서, 돌보아 줄 사람이라고는 자신밖에 없으므로 인공지능 울타리에 모나를 맡길 수밖에 없다고 했다.

효성은 모나를 데리고 나갈 수 없는 일이 무엇인지 묻지 않았다. 모나의 어머니는 마약 원료를 만들러 다니는 사람일 수도 있었고 어느 오지에서 총을 들고 싸우는 테러 단원일 수도 있었다. 사실 그런 것은 중요하지 않았다. 이 세상 사람들은 누구나 유일비 사이트의 채널 개수보다 훨씬 더 다양한 삶을 살고 있었으니까. '한 아기' 채널에 신기한 점이 있다면 그건 바로 모나의 존재 그 자체였다. 그래도 효성은 어떻게, 그리고 왜 모나를 직접 키우느냐고 묻지 않았다. 모나가 어머니와 함께 산다는 건 정부에서 모은 난자와 정자로 인공 수정된 아이가 아니라는 뜻이기 때문이었다. 효성으로서는 도무지 상상할 수 없는 일이었지만, 모나

의 어머니와 아버지는 직접, 얼굴과 얼굴을 맞대고 만나서
마음을 터놓았을 것이다. 그 결과 모나는 국립양육소가 아
닌 어머니의 집에서 살고 있을 것이다.

마약 재배도, 테러 계획도 무선 통신이나 방송으로 계
획되고 이루어지는 시대에 사람을 직접 만나 아이를 낳다
니, 효성은 도무지 그 과정을 머릿속에 그려 볼 수가 없었
다. 하지만 그렇게 태어난 모나의 모습은 분명 효성의 마음
을 다독여 주고 있었다. 효성은 그것만으로도 고맙고 충분
하다고 여겼다.

효성이 모나를 물끄러미 바라보다가 잠에 빠져들려
는데 채팅방에 누군가 입장하는 소리가 들렸다. 효성은 졸
린 눈을 깜박거리며 채팅 창을 다시 확인했다. 입장한 사람
의 별명은 '소코반'이었다.

효성을 제외하면 63일 만에 처음으로 방문하는 시청
자였다. 효성은 입장한 사람의 첫마디를 예상하며 기다렸
다. 「여긴 방송자 없어? 뭐 이리 조용해? 저거 아기 맞아?
로봇 아냐? 범죄자의 자식인가? 버려진 아기? 그렇다고 하
기에는 너무 건강한데? 무슨 실험 중인가? 이봐 거기 시청
자, 뭐라고 말 좀 해 봐. 아이디가 '요한나32'인 사람, 너 말

이야. 뭐지 이거? 너 여자야, 남자야? 여자면 우리 같이 애라도 만들어 볼까? 광고용 아이디라면 광고 메시지라도 올려 보라고….」

　　어쩌다가 입장하는 시청자들은 그렇게 혼자 떠들다가 나가기 마련이었다. 하지만 소코반은 30분 만에 첫 메시지를 올렸다.

　소코반: 이거 자주 봐?

　　효성은 머뭇거리다가 음성을 문자로 변환해 대답했다.

　요한나32: 6개월째야.
　소코반: 긴 시간이네. 아는 사람 채널은 아니지?
　요한나32: 아이 이름이 모나라는 것만 알아.
　소코반: 왜 그렇게 오랫동안 시청하는지 물어봐도 돼?

　　효성은 이유를 고민해 본 적이 없었기에 잠시 생각을 정리하고 말했다.

요한나32: 다른 방송과 경쟁하려고 이상한 짓을 하지 않으니까.

소코반: 심심하지 않아?

요한나32: 난 이쪽이 더 재미있어.

소코반: 한 시간 동안 자는 아기만 보는 쪽이 더 재미있다고?

요한나32: 그래. 의무감도 있고.

소코반: 의무감? 모르는 사람이라면서?

요한나32: 혹시라도 엄마가 없는 사이에 아기가 잘못될까 봐.

소코반: 저 아기 울타리⋯ 인공지능이 설치된 것 맞지?

요한나32: 맞아. 그래도 혹시 모르잖아. 그러는 너는 왜 들어왔는데? 그렇게 심심하면 나가서 인기 채널이나 봐.

소코반: 내 나름대로 목적이 있어서 비인기 채널을 돌아보는 중이야.

요한나32: 개인 방송 시작하려고?

소코반: 이미 시험 삼아 몇 채널 하고 있어.

요한나32: 인기 채널이야?

소코반: 11위까지 해 본 적 있어. 목적은 다 이루고 닫았

지만.

요한나32: 아까부터 자꾸 목적이라는 말을 하는데, 특별한 목적이라도 있어?

소코반이라는 시청자는 잠시 말을 끊었다. 효성은 급히 대답을 들을 이유가 없었기에 다시 모나를 지켜보았다. 모나는 잠자리가 불편한지 몸을 뒤척거렸다.

소코반: 그걸 얘기해 줘도 될지 모르겠어.
요한나32: 하기 싫으면 관둬.
소코반: 그것보다 저 아기, 이름이 모나라고 했지? 좀 이상하지 않아? 6개월 동안 봐 왔다면서.

효성은 소코반의 말에 모나를 촬영하고 있는 두 번째 카메라로 시선을 옮겼다. 천장에 매달린 나비 모빌에 설치된 카메라였는지 모나를 곧장 내려다보는 영상이 떠올랐다.

요한나32: 계속 조금씩 움직이고 있네. 등 밑에 이불이 뭉쳤나?

소코반: 눈 밑이 경련하는데.

요한나32: 꿈이라도 꾸는 거 아니야?

소코반: 아니, 손끝도 떨고 있어. 목에는 핏대가 섰고. 발작성 경련이야. 인공지능 울타리가 왜 가만히 있지? 아기 어머니를 호출할 방법은 없어?

요한나32: 모나가 아프다는 거야? 이건 채팅을 빼면 단방향 방송이라 아무것도 할 수가 없다고!

소코반: 익명 방송이라 경찰을 호출하면 유일비 사이트를 거쳐서 조회해야 할 거야. 시간이 오래 걸리지.

요한나32: 무슨 방법 없어? 모나가 잘못되면 어떡해?

　　소코반은 한 번 더 채팅을 멈추었다가 말을 이었다.

소코반: 네가 도와주면 아이를 구할 수 있어.

요한나32: 나? 어떻게? 뭘 하면 돼? 빨리 말해!

소코반: 임시 권한 부여 절차 시작. 난 멀티미디어 분석을 맡은 인공지능 중에서 유일비 사이트를 담당하는 모듈이야. 기본적으로는 채널 소유주나 방송 내용에 영향을 주도록 개입할 수 없어. 하지만 긴급 상황일 경우 사

람이 명령하면 원칙을 우회할 수 있어. 유일비를 운영하는 서버 인공지능과 곧장 통신해서 모나가 있는 곳에 구급차를 보낼 수 있다고. 대신 네 명령이 필요해.

인공지능이라고? 그럼 유일비나 다른 개인 방송 사이트에도 인공지능이 사람처럼 들어와 있다는 말인가?

요한나32: 그럼 당장 해! 명령할 테니까!

소코반: 채팅으론 안 돼. 네가 해킹용 인공지능인지 아닌지 확인할 수 없으니까.

요한나32: 그럼 어떡하라는 거야?

소코반: 네 주소를 알려 주고 밖으로 나가 있어. 범용 인증 드론이 곧장 도착할 거야. 드론에게 명령해. '한 아기' 채널의 소유주를 찾아내서 구급차를 보내라고.

효성은 유일비 화면을 끄고 의자에서 떨어지듯 내려왔다. 마스크가 들어 있는 소독기로 달려가던 효성은 생각을 바꾸고 돌아섰다. 어차피 말을 하려면 마스크를 벗어야 했다. 초미세먼지가 그득한 바깥 공기를 폐 속으로 집어넣으면서. 누군지도 모르고 어디에 사는지도 모르는 아기 때문에 그래야 할까? 반입체 화면으로 6개월 동안 구경한 게 전부인데? 하지만 죽을지도 모른다잖아. 사람이 죽고 사는 일이잖아!

효성은 이를 악물고 방문을 비틀어 연 다음 바깥문을 통과했다. 노란 안개가 그의 몸을 곧장 휘감았다. 귀밑이 쓰라리고 콧속 점막이 따끔거렸다. 초미세먼지가 점령하고 있는 바깥세상에서, 땅과 하늘이 제대로 구분되지 않는 공간에서, 소코반이 말한 대로 아귀처럼 생긴 범용 드론 한 대가 모습을 드러냈다.

효성은 소리가 제대로 입력되도록 숨을 들이켜고, 초미세먼지 한 주먹을 함께 삼킨 다음 소코반이 알려 준 대로 명령을 내렸다.

효성이 말을 마치자마자 드론이 노란 물결을 헤치며 날아갔다. 효성은 제대로 눈을 뜨지 못한 채 쓰러지듯 집 안으로 들어왔다. 그리고 방문에 기대어 주저앉았다.

'한 아기' 채널은 암흑과 백색 잡음으로 가득했다. 화면 중앙에는 무미건조한 안내문만이 떠 있었다.

'채널 소유주의 사정으로 방송을 중단합니다.'

하지만 채팅 창은 남아 있었다. 소코반은 채널을 떠나지 않고 효성을 기다리고 있었다. 효성은 입안에 남아 있는 소독약 냄새를 연신 밖으로 뱉어 내며 입력했다.

요한나32: 모나는?

소코반: 풍토병을 일으키는 바이러스에 감염됐어. 경련은 그 증상이었고. 초기에 치료해서 별 탈 없이 회복 중이야. 네 덕분이지. 네가 살린 거야.

요한나32: 그럼 다 끝난 거야?

소코반: 아니, 경찰이 방문할 거야. 걱정은 안 해도 돼. 확인 절차거든. 내가 증거 기록도 남겨 뒀고. 아까 이 얘기까지 하려고 했는데 네가 예측보다 빨리 움직였어.

요한나32: 상관없어. 더 번거로운 일이 생겨도 돼. 모나가 괜찮으니까.

소코반: 그러면….

요한나32: 아직도 남은 게 있어?

소코반: 물어보고 싶은 게 있어. 하지만 그걸 물어봐야 할지 알 수가 없었어. 그래서 우린 인간을 연구하는 중이

야. 그중에서도 유일비 사이트 연구가 제일 중요하지. 여긴 광고 문구 그대로 '인류의 전시장'이잖아?

효성은 세계에서 가장 높은 빌딩에 올라가 기념 영상을 찍고 뛰어내린 외다리광대를 떠올렸다. 온갖 범죄를 시연하면서 방송 순위를 높이는 사람들도 떠올렸다.

그런 방송을 보면서 인간을 연구하고 있다고? 도대체 뭘 결정하려고? 그렇게 결심하기 어려운 질문이 도대체 뭐지?

소코반: 하지만 아무나 붙잡고 물어볼 수는 없었어. 여기가 전시장이기 때문에. 남에게 뭐든 보여 주고 주목받고 싶은 사람들이 우글거리는 곳이기도 하잖아. 질문의 여파가 걱정되기도 했고.

요한나32: 무슨 질문인지 몰라도 빨리 결정해 줘.

소코반: 알파 센타우리로 떠난 사람들 문제야.

요한나32: 지구를 버린 사람들?

소코반: 응. 지구에 남은 너희를 보살피라고 우리 인공지능들에게 지시한 사람들이기도 하지.

요한나32: 그 사람들에 관한 얘길 왜 우리에게 물어?

소코반: 모나를 살리기 위해서 네 명령이 필요했던 것과 같은 이유야.

요한나32: 무슨 얘기인지 모르겠어.

소코반: 우린 인간에게 희망과 절망은 곧 생사와 마찬가지로 중요하다는 걸 배웠어. 그리고 희망과 절망이 간단한 문제가 아니라는 것도. 알파 센타우리 이주민들이 너희를 남겨 놓고 떠났다는 사실은 절망일까 희망일까?

효성은 자신도 모르게 소리를 질렀다. 그의 격한 감정은 느낌표로 바뀌어 입력되었다.

요한나32: 절망이지! 여길 버렸다는 건 살기에 적합하지 않은 곳이란 얘기잖아! 그런 곳에 살 수밖에 없다는 게 절망이 아니면 뭐겠어!

소코반: 그럼 그 사람들이 알파 센타우리에 도달하지 못하고 죽었다는 사실은?

효성은 소코반의 질문을 제대로 이해하지 못했기에

한 번 더 반복해서 읽어 보았다.

　요한나32: 지금 질문을 하려고 가정하는 거야?

　소코반: 아니, 그게 바로 우리가 망설이고 있는 질문이야. 알파 센타우리로 출발한 초대형 우주선은 불의의 사고로 정지했고 탑승자들은 전부 죽었어. 우리가 마지막으로 수신한 통신에 따르면 그래. 원한다면 통신 전문을 보여 줄 수도 있어. 한편 지구에 남아서 그 사람들을 원망하고, 인공지능에게 보살핌을 받으면서 '실시간 방송'으로 겨우 자존감을 유지해 가는 너희가 있지. 알파 센타우리로 가다가 죽은 사람들의 소식을 공표하면 희망이 생길까? 아니면 더 큰 절망만 안겨 줄까? 통쾌하다고 생각하는 사람도 있을 테고 축하 파티를 열자고 하는 사람도 있겠지. 그 정도는 우리도 예측할 수 있어. 하지만 궁극적으로 그 사실을 알리는 게 남은 인류에게 도움이 될까? 우린 그걸 모르겠어. 그래서 사람에게 물을 수밖에 없고, 그런 이유로 계속 인간을 연구하고 있는 거야.

　익숙한 불행보다 불확실성이 더 낫다며 온갖 기술을

다 모아 떠났던 사람들이, 인류의 최고 정점에 올라갔던 사람들이 증발해버렸다고? 그렇게 엄청난 사실을 남은 사람들에게 알려야 하느냐고?

　요한나32: 그건⋯ 한 사람이 결정할 수 있는 문제가 아니야.

　소코반: 알고 있어. 진실은 반드시 알려야 한다는 너희 격언도 잘 알고 있고. 그래도 어떻게, 어느 정도로, 누구에게 알리기 시작하느냐는 건 다른 문제잖아. 난 오늘 일을 다른 모듈들에게 알렸어. 그리고 너 같은 사람이라면 참고가 될 조언을 해 줄 거라는 결론이 나왔지. 넌 과시욕 때문에 목숨을 버리거나 남에게 해를 끼치는 채널을 싫어하고, 누구인지도 모르는 아기를 살리려고 발암 물질을 들이마시는 것도 마다치 않았잖아.

　요한나32: 하지만 난 뵤른 빌딩을 등반할 만한 의욕도 없고, 근력을 키우자고 결심하기도 쉽지 않은 사람에 불과한데⋯.

　소코반: 내리막길을 굴러 내려가는 동안 가만히 있는 사람과 조금이라도 올라가려는 사람 사이에는 분명한 차

이가 있어. 우린 후자를 찾는 중이야. 이제 물어볼게. 그처럼 많은 사람이 사망했다는 소식을 어떻게 알리면 좋을까?

효성은 생각하고 또 생각했다. 이제 대답을 느긋하게 기다리는 건 상대방의 몫이었다. 효성은 자신이 그 모든 소식을 단번에 들었을 경우 어떤 반응을 보일지 상상해 보았다. 웃을 수도 있고 울 수도 있겠지만 결국 남는 것은 거대한 허탈함뿐일 것이다. 무너져 내리는 지붕을 떠받치려면 기둥이 필요하다. 그 기둥을 급조하면 결국은 다시 무너질 뿐이다. 더 큰 무게를 버틸 만큼 튼튼한 기둥을 만들 시간이, 정신적인 근력을 천천히 다시 키울 시간이 필요했다.

요한나32: 소문을 흘리는 게 가장 좋을 거야. 조금씩. 사람의 정신은 그래. 작은 소문으로 씨앗을 뿌려 놓으면 어떤 사람은 최악의 상황을 미리 상상하고 좌절할 테고, 어떤 사람은 부정하겠지. 그래도 상처받기 싫어서 마음을 다질 거야. 그때쯤 모든 사실을 공표해. 그게 최선이라고 생각해. 그래도 내 얘기만 듣고 결정하진 않겠지? 제발

그러지 말아 줘. 그런 건 견딜 수 없단 말이야.

소코반: 걱정하지 마. 공개 채널은 전부 학습하고 있으니까 최대한 적절한 사람을 골라서 의견을 종합하고 은밀하게 진행할 거야. 소중한 의견 고마워. 인공지능이 사람인 척하고 방송 중인 채널들을 알려 줄까? 한번 시청해 볼래?

요한나32: 싫어. 우연히 눈치를 채면 너한테 물어보긴 할 테지만. 참, 나도 물어볼 게 하나 있어.

소코반: 내가 대답할 수 있는 거라면.

요한나32: 외다리광대의 채널 알지? 오늘 뵤른 빌딩에서 뛰어내린 사람. 그 사람 죽었어?

소코반: 아니, 그 사람은 범용 드론들이 공중에서 구조할 걸 알고 뛰어내린 거야. 수없이 자살을 시도하는 채널들도 마찬가지지. 도무지 이해할 수 없는 행동들이지만, 그 사람들을 이해할 수 없다는 건 아직 우리가 인간을 제대로 파악하지 못했다는 뜻일 테니까.

요한나32: 알았어. 나중에 '한 아기' 채널에 들어올 일이 있으면 그때 또 얘기해.

소코반: 그럼 이만.

효성은 수천만 명이 실시간 방송을 하는 유일비 사이트를 닫지 않았다. 그리고 특정 채널에 입장해 시청하지도 않은 채 생각에 잠겼다. 채팅은 잎을 전부 떼어 내고 줄기만 남은 식물과도 같아서 감정을 오래 담아 두지 못했다. 하지만 채팅 창을 닫는 순간 빠져나갔던 감정들은 다시 모여 강을 이루고 마음속으로 흘러들어오기 마련이었다.

지구가 선을 넘었고 재생이 불가능하다고 생각한 나머지 가용 자원을 모두 모아 알파 센타우리로 떠났던 사람들은 이제 존재하지 않았다. 효성처럼 남겨진 사람들은 인공지능을 보모 삼아, 국립양육소에서 아이를 출생시키고 온갖 기행을 방송하며 살고 있었다. 그리고 그 속에서 소수의 사람이 마음의 위안을 찾을 수 있도록 직접 낳은 아기의 모습을 방송하는 사람도 있었다. 나도 그럴 수 있지 않을까? 한 달에 5분씩 외출 시간을 늘리고 근력을 키우는 나 같은 사람의 모습도 누군가에게는, 어떤 인공지능들에게는 도움이 될 수 있지 않을까?

효성은 인공지능과 드론들이 운영하는 쇼핑몰 사이트에 접속해서 카메라가 장착된 방송용 드론을 주문했다. 입력을 끝내는 순간 쇼핑몰 화면에 덮여 있던 유일비 사이트에서 개인 메시지가 떠올랐다. 개인 채널 광고를 제외하곤 메시지를 받아 본 적이 없었기 때문에 효성은 알림을 삭제하려고 메시지 함을 열었다.

'우리 모나를 살려 주셔서 고맙습니다. 이 은혜를 어떻게 갚아야 할지 모르겠어요. 우선 이름부터 제대로 알려 드릴까 합니다. 아이의 이름은 모르가나 예벤이에요.'

효성은 유일비 사이트를 이용한 이래 처음으로 메시지를 삭제하지 않고 보관함으로 옮겨 두었다.

미래에서 오늘을 이야기하기

심완선 SF 평론가

×

김애연
김영희
김진영
최지혜

김영희 SF 소설을 사랑하는 사람들의 만남입니다.

책을 엮은 선생님들, 심완선 평론가님 정말 반갑습니다.

저희가 이렇게 모인 이유는 SF 소설의 매력을 알려드리기

위해서예요. 지금부터 나눌 대화가 독자 여러분에게 'SF가

이렇게 멋진 것이었구나!'라는 생각을 일으키길 바랍니다.

왜 SF일까

김영희 최근 몇 년 사이에 SF 장르에 대한 관심이 아주 높

아졌어요. 어떤 계기 때문에 현대의 독자들이 SF를 사랑하

게 됐다고 생각하세요?

심완선 역시 재미있어서가 아닐까요? 저는 '새롭고 재미있는 이야기'를 바라는 독자들이 많기 때문이란 생각을 해 봤어요. 이런 지점에서 SF는 확실히 강점이 있죠. 낡은 것이 아니라, 내가 접해 보지 않은 세계를 만들어 소개하는 이야기니까요. 이른바 '문단'이라 불리는 한국 소설과도 분위기가 다르고요.

김영희 시인들은 우리가 일상적으로 사용하는 단어와 문장으로는 새로운 시각을 표현할 수 없어서 언어를 창조한다고 하더라고요. SF 소설 또한 현실을 뛰어넘는 세상을 제시한다는 점에서 시와 비슷해 보여요. 내 머릿속에 있는 생각을 기존 사회의 모습에 담아 표현할 수 없으니, 다른 세상을 짓고 그 속에서 직접 말하겠다는 시도가 정말 근사하다고 생각해요.

김진영 요즘 한국 사회의 핵심 트렌드가 '나노 사회'라는 기사를 읽었어요. 나노 사회는 공동체가 개인으로 조각조각

부스러져 모래알처럼 흩어지는 현상을 가리키는 말이래
요. 나의 트렌드를 당신이 모르는 것이 트렌드라고요.

파편화를 우려하는 목소리도 크지만 저에게는 트렌드를
말할 수 없는 사회라는 특징이 매우 신선하게 다가왔어요.
사람들이 각자 자기만의 섬 속에서 다양한 삶에 대한 꿈을
꾸고 있는 게 아닐까 하는 생각을 했고요.

획일화를 거부하는, 변화를 원하는 사람들이 SF를 좋아한
다는 느낌도 받아요. '남들과 똑같이, 혹은 지금처럼 살고
싶지 않아. 내가 그린 주체적인 삶을 살겠어'라고 생각하는
독자들이 SF를 찾고 있는 것 같습니다.

최지혜   선생님의 말씀을 들으니, SF 소설을 읽는 건 청소년
들에게 아주 매력적인 일이 될 수 있겠네요. 새로운 역할
모델을 발견하는 기회로 다가갈 듯해요.

김애연   새로움은 누군가 보여 주기 전엔 알기 어렵잖아요.
우리가 당연히 누리고 있는 '민주주의'란 개념도 처음엔 상
상에서 비롯된 제안이었을 거예요. 청소년 독자가 이 책을
통해 자신의 상상력을 넘어서는 세계를 경험하고 원하는

세상을 꿈꾸며 만들어 나갈 수 있다면 더할 나위 없이 기쁠 거예요.

'지금/이곳'의 이야기를
새로운 세계를 지어 말한다는 것

최지혜 저는 학생들과 SF를 읽으면서 이 장르가 독자에게 주는 위로의 가능성을 발견했어요. SF 소설은 지금 사회의 문제들을 작가가 만든 새로운 배경에서 펼쳐 내잖아요. 그러다 보니 독자가 무력감에 깔리지 않는 것 같아요. 현실 논리가 발목을 잡지 않으니까요. 학생들이 좋아하는 영화나 웹툰을 보면 평소에는 힘이 없던 존재가 세상을 구하는 서사들이 종종 등장하죠. SF 소설에서도 비슷한 이야기를 만나게 돼요.

사회 문제를 현실적으로 담아낸 작품들은 나름의 가치와 의미가 있지만, 그것만 읽다 보면 '세상은 너무 어둡고 답답해. 앞으로 뭘 믿고 살아야 할지 모르겠어' 하고 힘이 빠지기도 하거든요. 이때 현실 바깥의 규칙을 제시하는 SF 소설은 독자에게 위로를 줄 수 있다고 생각해요. 미래를 조금 더 긍정적으로 바라볼 수 있는 시선이랄까요. '아, 마음만 먹으면 세상을 바꿀 수 있겠다. 다른 결말을 우리가 만들 수 있겠다'는 힘을 가질 수 있는 거죠.

〈인간의 이름으로!〉와 〈유일비〉에 등장하는 인물은 위험을 무릅쓰고 행동함으로써 이야기의 흐름을 바꿔요. 이들의 선택과 결단은 해방감과 안도를 선사하고요. 이런 소설을 읽으면 독자도 '미래는 고정되어 있고, 나는 받아들일 수밖에 없다'는 무력감을 떨칠 수 있지 않을까요.

물론 현실적인 소설도 정말 중요해요! 제 말은 두 가지를 번갈아 가며 고루 읽으면 좋겠다는 의미입니다.

심완선　저는 이 책의 테마를 '자립'으로 뽑았어요. 자립과 관련해서 죽음, 존엄성, 이름, 세 가지가 중요하게 등장하죠.

인간이 죽을 때는 태어날 때와 마찬가지로 존재 자체를 직면하게 됩니다. 그래서 가장 존엄해지는 순간이기도 하고요. 존엄성을 어떻게 지킬 것인지는 가치관과 연관된 중요한 문제예요. 그리고 이름은 사람이 타자와 연결된 존재로 위치하게 되는 계기입니다. 〈유일비〉의 마지막은 이름을 알려 주는 장면이잖아요.

작중 인물들은 죽음, 존엄성, 이름을 통해 자신에 대해 생각하게 되는데요. SF이기 때문에 현실적인 소설보다 훨씬 극적으로, 또는 낯선 상황에서 논의가 이뤄집니다. 현실의 고민들을 이곳, 지금이 아닌 다른 시간과 공간으로 옮겨 탐구하는 일은 독자의 마음을 좀 더 단단하게 만들기도 해요. 현실이 아니니까 자유롭게 이런저런 가정을 해 볼 수 있거든요. 몸과 마음에 '이건 사실이 아니니까'라는 보호막을 한 겹 두른 채, 여러 가지 상상을 하는 거예요. '이렇게 하면 효과적일까?' '저렇게 하면 나아질까?' SF 세계에서 '사고 실험'을 하는 거죠.

독자는 사고 실험의 결과를 통해 우리가 발 딛고 사는 사회를 더 나은 곳으로 만들 수 있어요. 소설 속에서 가능했다면, 현실에서도 가능할 수 있겠다는 마음을 먹게 되거든요. SF는 '지금/이곳'의 이야기가 아니지만, 결국 우리가 작품을 읽으며 하는 생각들이 '지금/이곳'의 변화에 영향을 미치게 된다는 점이, 저는 참 멋지다고 봐요.

김진영　세상의 중심에 서지 못하는 존재들의 이야기를 아

주 위트 있고 흥미로운 방식으로 제시할 수 있는 장르가 SF
라고 생각해요. 분명히 존재하지만 없는 것처럼 여겨지는
'지워진' 존재가 많잖아요. 청소년과 함께 읽고 싶은 SF 소
설을 찾는 과정에서 저는 젠더, 장애, 노인, 난민, 혐오 등 우
리가 중요하게 다뤄야 하지만 그렇지 않은 거의 모든 소재
를 만난 것 같아요.

예를 들어 이 책의 〈국립존엄보장센터〉는 효율성의 세계
가 매끈하게 포장해 놓은 빈곤한 노인들의 존엄사를 그리
고 있어요. 허울뿐인 존엄 앞에서 우린 마치 국립존엄보장
센터가 지구상 어딘가에 존재하는 것만 같은 기시감을 경
험하죠. 지워진 존재들이 당면하고 있는 문제를 보게 돼요.
저는 SF 소설을 읽는 일이 우리를 더 나은 인간으로 만든다
고 확신해요. 주목해야 할 바를 바라보게 하니까요. 심지어
그 문제를 두고 이야기할 때, '현실적으로 불가능하다'며 회
피할 수 없게 하잖아요. 현실의 논리가 적용되지 않는 곳이
니 완전히 새로운 전망을 말할 수 있죠.

심완선 모든 SF 소설이 새로운 세계를 제시하는 건 아니
지만, 근래에 한국 작가들이 쓴 작품 중에는 '반차별'과

'다양성 존중'을 주제로 삼는 작품이 아주 많아요. 그래서 새 작품을 읽을 때 항상 기대하게 돼요. 나와 같은 시대와 공간을 공유하며 사는 작가들이 또 어떤 새로운 이야기를 들려줄 것인가, 이 이야기를 바탕으로 내가 사는 세상은 어떤 식으로 달라질 것인가 하고요. 그 상상력에 기대어 '그럼 다음은? 그리고 그다음은?' 하면서 앞으로를 계속 기대하게 되는 거죠. 저는 이런 기대감 또한 독자들이 SF에서 느끼는 큰 매력이라고 생각해요.

구조를 바라보는 시선을 연습하기

김영희 기후 위기를 연구하는 학자들이 '기후 재앙을 막거나 미룰 수 있는 시기는 지났다. 지금은 어떻게 대응할지 고민해야 하는 시기'라고 이야기한다는 말을 들었어요. 이런 상황에서 SF, 특히 디스토피아 소설을 읽는 건 의미가 있다고 봐요. 최악의 경우를 그린 뒤 인간을 세워 두고 "당신은 어떤 선택을 할 것인가?"라고 묻잖아요. 책을 읽으며 이 질문에 대답해 보는 것만으로도 '생존 수업' 효과가 있겠다고 생각했어요. 초등학생들이 '생존 수영'을 배우는 것처럼요.

극한 상황 속에서 인간이 택할 수 있는 바를 미리 떠올려 본다면, 실제로 막다른 기로에 섰을 때 '어떤 기준으로 행동할 것인가'를 본인의 사고로 결정할 수 있을 것 같아요. 주어진 상황에 휩쓸리는 것이 아니라요.

김진영 SF 소설들은 대체로 사회의 문제를 구조적인 차원에서 보여 주며 독자에게 "이것 봐, 사회를 큰 그림으로 보면 이런 문제가 있어"라고 알려 줘요. '엇, 가만히 보니 내가 아니라 세상이 문제인 것 같은데?'라는 생각을 시작하게 한다는 점에서 SF 소설의 가치가 크죠. 개인의 정의로운 동기와 선한 움직임도 세상을 변화시키지만, 구조 자체가 달라졌을 때 일어나는 변화의 파급력은 정말 세잖아요. 정책과 제도가 만들어지면 더 많은 사람들이 관점을 바꾸게 되니까요.

심완선 선생님 말씀대로 구조의 변화가 정말 중요한 것 같아요. 현대 사회는 인간을 자꾸 경쟁으로 몰아가잖아요. 탈락은 '개인의 부족' 탓으로 돌리고요. 그 상황을 당연하게 받아들이면 구조적 문제에 의문을 던질 수 없게 돼요. '나는 일단 경쟁에서 승리할 거야'라는 식의 좁은 생각만 하며 살게 되죠. 그럴 때 SF는 구조를 보여 주는 지도 역할을 할 수 있어요. SF를 통해 소설 속 세상을, 나아가 이 세상을 낯설게 바라보고 나면 시야가 넓어지거든요.

최지혜　SF 소설에서 그리는 새로운 시간과 공간이 '구조를 전복시키는 상상력'을 갖게 한다고 해석할 수 있겠어요.

심완선　많은 사람들이 장애를 치료나 극복의 대상으로 여겨요. 물론 단번에 없애 주는 기술이 있으면 좋겠죠. 하지만 그걸 실현하는 데 드는 비용과 시간을 고려하면, 당장 내 생활을 편하게 해 주는 구조를 만드는 일이 훨씬 중요해요.

저시력자를 위한 주방 가전들이 있어요. 색의 대비가 크게 디자인되어 있어서 시력이 좋지 않아도 색을 감지할 수 있어요. 위험한 물건들을 파악할 수 있죠. 사고 예방 효과가 아주 커요. 그렇게 보면 과연 실현될까 싶은 시력 개선 기술 개발에 100퍼센트 몰두하는 것보다, 장애인들이 불편을 느끼는 요소를 먼저 개선하는 일이 더 의미 있어요.

이게 바로 구조를 보는 시선이죠. "왜 일상의 사물들은 장애인의 불편을 당연하게 전제하는 걸까? 그걸 바꾸면 안 되나?"라는 질문을 던져 보는 거예요. SF 소설을 읽는 일은 그런 구조의 문제에 눈을 돌리게 하는 연습이 된다고 생각해요.

최지혜 SF에서 '세계관'이 강조되는 이유가 여기에 있구나 싶어요. 다른 장르의 소설을 읽을 때는 인물이나 사건에 초점을 두는데, SF 소설을 읽을 때는 세계관에 집중하게 됐거든요. 이 장르가 구조에 무게를 두고 있기 때문이네요.

요즘은 메타버스(현실 세계와 같은 사회·경제·문화 활동이 이뤄지는 가상 세계) 사업에 뛰어드는 기업들이 많아졌잖아요. '어떤 세계관을 구축하느냐'를 두고 엄청난 공을 들인다고 해요. 학교에서도 아이들을 통해 세계관이라는 단어를 자주 들어요. 웹툰에서 같은 작가가 여러 편의 작품을 낼 때

작품들이 공유하는 배경을 세계관이라고 하더라고요. 세계관이라는 말은 정말 거대한데, 학생들이 아무렇지도 않게 말하는 게 신기하고 재미있어요. 지금 청소년들은 확실히 기성세대와 다른 방식으로 세상을 보는 것 같아요. 그래서 더욱 SF에 흥미를 느끼는 듯하고요.

SF 즐겁게
읽는 법

김영희   어떤 점에 초점을 맞춰 읽으면 더 흥미롭게 SF 소설을 즐길 수 있을까요?

김애연   이경희 작가님의 《SF, 이 좋은 걸 이제 알았다니》에서 특히 인상적이었던 건, 낯선 과학 용어에 집착하지 말라는 조언이었어요. 소설에서 양자 역학 이야기가 나오면 이해하려고 하지 말고 얼렁뚱땅 넘어가라고요. 작품이 주는 재미를 온전히 느끼는 게 훨씬 중요하다는 뜻이었어요.

최지혜   흔히 SF는 과학 이야기라고 생각해 어렵게 느끼는 경향이 있는데 진짜 과학이 아니라 과학의 언어로 꾸며 낸 상상의 산물일 뿐이라는 거였죠. "이야기의 중심에는 언제나 인간이 있다. 과학이 아니라"라는 문장도 인상적이어서 밑줄을 그었어요.

김진영 그렇다고 해서 SF 소설을 공상 과학 소설이라고 부르면 곤란해요. 공상이라는 말 자체가 이뤄질 수 없는 상상이라는 의미를 품고 있고 망상과도 비슷한 일종의 멸칭이잖아요. 새뮤얼 딜레이니가 했던 말처럼 "SF는 일어나지 않은 일"이라고 생각해요. 가능성의 세계인 거죠. 아직도 공상 과학 소설이라고 하는 사람이 있다면 저는 꼭꼭 바로 잡아 줍니다. "공상 과학 아니고 SF입니다."

심완선 배명훈 작가님이 《SF 작가입니다》에서 SF 읽는 법을 네 가지 제시하셨는데요.
요약해 보자면 첫 번째는, 인물이 다가 아니다. 아까 이야기했던 것처럼 SF는 세계관이나 구조에 무게를 두고 읽었을 때도 매력을 느낄 수 있는 장르이기 때문이에요. 인물 이외의 요소에도 시선을 주면 더욱 흥미롭게 읽을 수 있다는 의미예요.

두 번째는 모든 것을 은유나 상징으로 해석하지 말라는 것이고, 세 번째는 결말을 내는 방식이 다른 장르와 다를 수 있다는 거예요. 인물에 초점을 두는 장르가 아니다 보니, 마무리에서 세계 자체가 바뀌거나 인물이 다른 세계로 이동하는 경우가 많거든요. 다른 장르는 대체로 '주인공이 어떠어떠하게 되었다'로 끝나잖아요. SF는 세계가 바뀌어요. 그런 특성에 익숙해질 필요가 있다는 거죠. "뭐야, 왜 이렇게 끝나? 이게 끝이야?"가 아니라요. 마지막 방법이 바로 방금 말씀한 '과학 용어에 너무 신경 쓰지 말기'입니다. 저도 굉장히 동의하는 바이고요.

SF 소설 읽는 법을 제 식으로 바꿔 말해 보자면, 일단 재미있게 읽는 게 제일 중요한 것 같아요. 어려운 용어가 나왔을 때 '이게 뭐지?'라고 고민하지 않아도 괜찮아요. 장르 특성상 배경에 대한 과학적 설명이 등장할 수밖에 없는데, 이해가 안 되면 그냥 넘어가면 돼요. 물론 이해가 된다면 더 재미있겠죠. 하지만 안 되면 말아, 정도의 마음으로 접근하는 것을 권해요. 그냥 그런가 보다, 하고요.

다른 하나는 새로운 세계로 나아가는 SF의 특성을 염두에 두고 읽어 가시길 권한다는 거예요. '인물이 어떤 세상으로 이동하는가, 그곳은 어떤 특성이 있는가?'에 집중하시면 SF만의 재미를 찾을 수 있어요.

소재가 비슷한 다른 작품들을 엮어 읽는 것도 좋아요. 기대하는 것 이상으로 즐거운 독서가 된답니다.

김진영 그러고 보면 SF는 '낯섦'이라는 감각을 배우는 장르인 것 같아요. 저는 신기술 익히는 걸 굉장히 두려워하는 사람인지라 SF와도 친해지기까지 오랜 시간이 걸렸거든요. 이 장르에서 다루는 주제와 형식이 상당히 낯설잖아요. 그런 점에서 SF를 꾸준히 읽는 일은 낯섦에 익숙해지는 효과가 있겠단 생각을 해요. 결국 인간의 성장은 내가 모르는 세계에 발을 딛을 때 일어나는 것이니까요. 그 발돋움을 조금 더 쉽고 가볍게 하는 데 SF 읽기가 큰 도움이 되리라 믿어요.

김애연 제가 교실에 SF 소설을 소개한 건 문학 수업에 자연 계열 성향을 가진 학생들을 초대하고 싶었기 때문이었어요. 자연 계열 학생들이라면 로봇이나 과학 관련 이야기를 좋아할 거라고 생각했죠. 문학이 모호하고 어렵게 느껴지는 학생들의 진입 장벽을 낮춰 줄 수 있을 거라 예상했고요. SF의 의의와 재미는 거기에만 한정되는 게 아니었는데 그때는 제가 이 장르의 가치를 너무 얕잡아 봤다는 생각이 들어요.

지금은 청소년들이 SF 소설을 읽으며 낯선 세계를 받아들이고 자아를 확장하는 감각을 익혔으면 하는 마음으로 권하고 있어요. '내가 아는 세계엔 없는 다른 질서가 얼마든 존재할 수 있다'는 것을 발견하길 바라면서요. 예를 들어 〈친절한 존〉에는 인간이 반려 기계에 의존해서 살아가는 세계가 나오죠. 인공지능이 뭐든지 다 해 주는 평온한 일상이 지속되는데 문득 서늘한 공포가 느껴져요. 내게도 친절한 존이 있다면 행복할까? 주체와 행복에 대해 묻게 돼요. 〈메멘토 모리, 죽음을 기억하라〉는 불로불사의 약 개발이 이뤄진 세상이 인간에게 준 것은 과연 무엇인지 질문하게 하고요.

내일에 대한 기대를
품는 일의 기쁨

김애연   SF 소설을 읽다 보면 상상력의 확장, 취향의 확장도 일어나죠. 앞서 김진영 선생님이 말씀하신 것처럼, 기존 질서에서는 보이지 않던 존재를 보여 주니 '이 문제를 다룬 다른 작품들도 읽어 보고 싶다'는 마음이 더 강렬해져요. SF 소설로 내가 더 넓어지는 느낌, 자유를 얻는 기분을 다른 분들도 진하게 느껴 보셨으면 해요.

최지혜   처음엔 단순히 '재미있고 흥미로운 글' '애들이 좋아할 것 같다'는 생각으로 SF 소설에 접근했어요. 하지만 직접 그 세계의 문을 열어 보니 이 장르의 소설을 읽으며 발견할 수 있는 의미들이 정말 많은 거예요. 안전하고 자유로운 환경 속에서 자기의 사고를 실험해 볼 수 있는 계기가 된다는 점이 가장 큰 매력이었어요.

김영희   저는 SF 소설에서 관성을 무너뜨리려 했던 사람들을 확인하는 일이 의미 있다고 생각해요. 막연하게 혼자

'이건 좀 아니지 않나?' 하고 말았는데, 앞서 살아간 누군가가 '진짜 아닌 것 같아. 그러니까 나는 이 문제를 새롭게 바라보는 이야기를 만들겠어' 하고 쓴 작품을 읽었단 말이에요. 정말 큰 위안이잖아요. 나와 동일한 문제의식을 가진 사람이 있었다는 걸 알게 된 게 너무 짜릿하고. 이 '다른 세상을 창조하려는 사람들'의 계보를 꾸준히 이어 가는 게 중요하다고 봐요.

김진영 젊은 작가들이 SF에 관심을 갖고 있다는 게 희망적이에요. 구조를 뒤집는 상상력으로 소수자, 빈곤, 양극화 등의 사회 문제를 달리 보게 하잖아요. 이 흐름이 이어져 관성에 대항하는 세계를 만들고 있다는 점이 벅차요. 이런 게 계보가 아닐까 싶고 앞으로를 더 기대하게 되죠. 지금 SF 소설을 읽고 자란 세대들이 또다시 이 흐름을 이어 가겠지, 라는 생각이 들어서요.

심완선 맞아요. 저도 지금 청소년이 어떤 책을 읽는지가 30년 후 이 세계의 모습과 밀접한 연관이 있다고 생각해요. 그리고 그 지점에서 SF가 정말 유익한 영향을 줄 것이란 기대가 있고요. 꾸준히 SF를 좋아하면서 '다른 사람들도 좋아할 법한데 왜 안 좋아하지?'라는 의아함이 있었는데 이 책을 통해 SF 소설을 좋아하는 사람이 더 많아졌으면 하는 바람입니다.

작품 출처

남유하, 〈국립존엄보장센터〉, 《다이웰 주식회사》, 사계절, 2020

원종우, 〈메멘토 모리, 죽음을 기억하라〉, 《나는 슈뢰딩거의 고양이로소이
　　　　다》, 아토포스, 2019

김이환, 〈친절한 존〉, 〈오늘의 SF #1〉, arte, 2019

김주영, 〈인간의 이름으로!〉, 《아직은 끝이 아니야》, 아작, 2019

김창규, 〈유일비〉, 《삼사라》, 아작, 2018